田舎病院の奥様は非魔女

相木玲子
AIKI Reiko

文芸社

目次

田舎病院

田舎病院は、名古屋から北陸本線に乗り、特急で七分かかる長い北陸トンネルを過ぎ、原発で有名な敦賀を過ぎ、武生(たけふ)駅に到着すると、駅の目の前にバーンとそびえ立つ新築の十階建ての大病院があるが、そこではない……そこから徒歩十五分くらいのところにある築三十六年の三階建ての小さな病院、ここが田舎病院である。夫の父が昭和二十七年に開設した病院を、三十六年前に建て替えた。今でもちょっと遠慮して、二階のナースセンター前には昭和二十七年の木造二階建ての古い病院の写真が飾られているが、義父がどうでも飾っておきたかった写真である。夫は「こんな写真、懐かしいのはお父さんだけだよ」と言いながらも、三十六年経っても同じ位置に飾られているところを見ると、本当は夫も懐かしいのだろう。

私と夫がまだ関東の医大勤務中に新築の話が決まっていたが、ある日、田舎病院の看護師から電話があった。

「どうしましょう！　院長先生が、今の病院の玄関を修理するっておっしゃるんです、何十万もかかるそうで、……病院、新築するんですよね?」と不安気だ。それでも義父は「病院の玄関の板がめくれていては、修理せなあかん」と主張し、立派な板にあっという間に交換されていた。

その後間もなく、新築のため、とりこわされた。

ちなみに、田舎病院は、真面目な(?)夫のもと、いくら借金があるとはいえノンストップ営業を誇っている。最近になり盆、正月の休みが入ったものの、月曜から土曜は八時半から十九時まで、日曜のみ九時から十二時半までとなっている。職員の皆様、休日出勤もご苦労様である。

田舎病院は億万長者??

医大の同級生だった夫と私は、縁あって結婚した。私の父には、茨城県から福井県へ嫁ぐということで〝遠すぎる〟という理由で泣かれてしまったが、反対していたわけではなかった。何度か実家につれてくると、父も納得してくれて、たくさんの嫁入り支度をしてくれた。本当に心から感謝している。

私の親類たちは、私が福井の億万長者へ嫁入りするとウワサをしていたらしいが、いやいや、実際は〝億万借金長者〟だったから笑える。三十五年ローンの億万借金は、今でも残っている状態だ。「借金長者なのよ」と私が言うと、皆「いいじゃない、借金できるのも財産があるからなんだから」と他人事のように言う。

実家の父は借金ぎらいで、借金したことなどなかったので、最初のうちはとまどっていたが、額の大きさに、次第に「大丈夫だよ、がんばれば返せるよ」なんて言いはじめた。確かに、今までがんばってきて、返せてはいるな。まだ残ってるけど……おかげで自宅は、オンボロ、ゆうれい屋敷に見えるかも……。

ど派手冠婚葬祭

あれだけ結婚に賛成してくれていた母ですらどん引きしたのが、嫁入り支度だ。旧家だから仕方ないところもあるが、福井県は全国一、二位の豪華絢爛の支度県であるらしい。

〝桐タンスは三本、必ず持ってきて下さい〟との姑様からのおことばで、あわてて注文した。その中に入れる着物なんてなかったけど、母は何着か作ってくれたし、姑は、自分の着物をタンスがいっぱいになるようにこっそり入れておいてくれた。決して文句や小言を言う人でなく、〝立派な桐タンスをありがとう〟と、喜んでくれていた。

それはそうと、私たち夫婦は、当時埼玉に住むことになっていた。嫁入り道具は埼玉にすぐ運ばれたのではなく、一度、田舎病院の家に運んで近所や知人にお披露目したあげく、やっと埼玉に返却（？）されたという経緯がある。それも母がびっくりしていた一つである。見栄の世界だ。

結婚式についても、嫁側の意向はまったく最初から気にされず、すべて姑がお膳立てしてくれたものだった。が、こちら側は大変楽で良かったという感じで、文句の一つもない。夫側の招待客三百人、こちら側の招待客三十人であったが、別におかまいなし、姑の知人などに頼んだ余興が延々と続いたが、面白かったくらいだ。

引出物もこちらに相談はなかったが、「鯖江の河和田（かわだ）漆器がメインです」と聞いて、それなら軽くて持って帰りやすい、と思った。ところがどっこい！　武生のしきたりで、万寿（饅頭）、赤飯、酒、お菓子などがごっそりついてくるわ、もう一箱〝くだものかご〟があって、その中身は、果物はもちろん、缶詰、ゼリーなど、ずっしりくるものばかり。友人に「持って帰るの大変だったわ！」と言われた。ちなみに埼玉からこの田舎にもどり、義父母と同居の生活であったが本当に仲良く暮らしてきた。義父母が大変気を使ってくれていたと思う。皆に同居なんて大変と言われたが、少しも大変ではなかった。ありがたいことであった。

ところで法事の引き出物まで、すごい。お菓子や果物、缶詰がついたセットが、ごそっとある。これまた重い。なお、法事のお包み（お供料とか、ご霊前とかの包み）については、たくさん入れていくと良い。なぜなら、こちらの風習で、帰り際に、持っていったのし袋のまま返されるからである。法事のあと、たくさんご馳走になり、たくさんの引出物をいただき、帰ろうとすると、「これ、ありがとうございます」と持ってきたままののし袋を渡される。「いえいえ、お納め下さい」と断ると「こちらの風習でお返しすることになっていますので」となる。悪いと思うが返されてくる。さてさて、この田舎は仏教王国で浄土真宗が多く、お寺がコンビニよりかなり多い。そして、〝ありがとう〟の時は合掌する方が多い。田舎へ嫁いできたばかりの時は何でも合掌されて〝私、いつ仏様になったっけ？〟と思ったものだ。

孫が生まれた時も、実家は〝孫渡し用品一式〟を嫁ぎ先に持っていったり、初節句には嫁ぎ先の縁者、近所に配る饅頭を件数分、持っていく。私の実家の関東には、そのようなしきたりがなくとまどったが、義母が適当にしてくれたことは、ありがたかった。ベビー用品は、母が孫かわいさで、風習というよりは、何でもそろえてくれた。こちらのベビー用品店の看板には〝孫渡し用品一式〟なんて出ている。

国の重要文化財を支える

田舎病院は夫で二代目だが、ルーツをたどれば、戦国時代に武田信玄の家臣の一人であった相木市兵衛からの二十一代目にあたる。四百年以上前、武田家滅亡により市兵衛は討ち死にし、女、子供だけが、ひっそりと長野県南相木村の城をあとにして福井県にたどりついた。市兵衛からあとの十四代目から二十代目までの長い間、男子は生まれず、養子さんで継いできた。したがって、Y染色体をもたない女子によってとっくに市兵衛さんの血筋はとだえている。いくさはもうこりごりなので女子だけ生もうという、神様の摂理に違いない。七代、およそ二百年の時を経て、やっと夫が生まれたというわけだ。

ところで、何を自慢したいかと言うと、国の重要文化財に昭和四十七年に指定された

〝相木家住宅〟である。四百年以上の時を経て存在する相木家は、個人所有で先代たちが大切に保存してきた茅葺き屋根、いろり付き、ぼっとん便所付き、馬屋付きの８ＬＤＫである。色々と修理は多いのだが、重要文化財というのは勝手に修理できない。県や町に問い合わせ、何年も何度も訪問がされてから、どのように修理するか決定される。もちろん自己負担金があり、最近、この自己負担金の割合が増加しているのが悩みの種。庭木の剪定や、草むしり、管理人さんの給与とかは、すべて個人負担、大変なことだ。

さてさて、この文化財に興味をもたれた方は、一度ご見学下さい。槍、鎧、冑、駕籠など展示中。

何も自慢できるものはないが、この重要文化財の家はすごいでしょ。自慢させて。四百年以上、私物で守ってきたんだから。

奥様の専門は公衆トイレ？

さて、私は医者であって医者ではない。〝専門は何科ですか？〟の世間一般の質問に、私は〝内科です〟と答えるのだが、本当は〝公衆衛生が専門です〟が正しい。私は公衆衛生に誇りをもっている。が、しかし、若くして教授となった恩師がいつも言っていた。「公衆衛生って言うとな、『公衆トイレがどうかしたんですか？』って言われるぞ。ま、仕方ねえな、本当は違うんだけどな、べらんめぇ～」とお江戸どまん中出身の教授は笑う。それで私は〝内科です〟と答えることにしている。公衆衛生とは基礎講座なのだ。医学も何事も基礎が大切。病気の治療でなく、病気のない、病気にならない世の中をめざしているのが、〝公衆衛生〟なのだ。そういや、最近、病理学や法医学のドラマもあったが、公衆衛生はなかったな、あれば出演したかった……地味な科目のため、誰も入局しない。細々と研究している状態だ。

研究内容は色々だが、入局した公衆衛生は当時、喫煙と肺がんについての研究をしていて、教授はその第一人者であった。学会発表の出入り口で、教授は当時〝専売公社〟と呼ばれたタバコの販売会社の面々に囲まれ、今にも襲われそうな雰囲気になった。その時、教授は「オレはヘビースモーカーだよ！」と、学会発表後の一服に煙をくゆらせながら、そのひと言を伝えていた。本当にヘビースモーカーであったが、米寿まで生きられた。リスクは人それぞれということか……あ、こんなことは言ってはいけない、喫煙は、やめましょうね。

あるテレビ局が、肺がんと喫煙のリスクについて我が教室に取材に来た。タバコの煙の充満する暴露箱（特製）にラットが何匹か入れられ、何分かすると倒れるラットが出てくる。テレビ局の方は「あっ！　ネズミが死んでしまったようです。タバコの煙の有害さがよくわかります」と大きな声で放映してくれたのは印象的だった。本当は、そのラットはあとから起き上がったのだが……とはいえ、タバコは特に女性の肺への影響が大きく、声がれや肌の色素沈着などをもたらすことも多いので、喫煙はどうしてもやめていただきたい。

公衆衛生と言えば、公害、労働衛生などと幅広い。アスベスト（石綿）も肺がんの起因になることはわかっていて、早期に撤去することが必要なことを我が教授は口をすっぱくして言っていたが、今ごろアスベストを除去します、なんて、五十年も経って遅すぎる。一度、肺に刺さったアスベストの針のような繊維は決して取れることはないのだから。

人口減少、少子高齢化もしかり。五十年前から、西暦二〇〇〇年をすぎる頃になると人口減少しはじめ、老齢人口は二〇パーセントを超えますと予測されていた。実際には、さらに予測を超えるいきおいで少子高齢化となっているのだ。これぱかりは止めることはできなかったかもしれないが、対策を立てることがもっと早くに必要だったと思う。

非魔女はなぜ医者をめざしたか

小学校の頃は、色々となりたい職業は変化していた。が、中学になると、歯科医師だった父が、本当は学校に残って勉強したかったことや学位をとりたかったと話しているのを聞き、自然と医療関係に気持ちは固まってきたし、その学位というものが、何が何だかわからないけれど、大げさに言えば、父の代わりにいただけるものならいただきたいと思うようになった。「人のためになりたい」とか「お金儲けしよう」と思ったわけではなかった。

運良く田舎医科大学に入学し、次にめざしたのは〝髪の毛〟の中って、どうなっているんだろう。病理の組織実習で、髪の毛をホルマリン固定し、パラフィンに封入し、切片をつくり、顕微鏡で見た時は、私一人が感激していた。なぜかこの時、学位以外の目的が達成してしまったような気がしていた。ちなみに、外科をやめて入局した公衆衛生が病理に似ていて肺がんの研究に病理組織を以ってしていたので、何か髪の毛の組織への想いが、ずっと続いているようになった。

ということで、次に記す、〝公衆衛生〟に入局し、ここでまた運良く学位をいただいたのだった。学位をいただいた時は、父が脳梗塞で倒れ療養中であり、学位取得を報告はしたが、どこまで喜んでもらえたかちょっと不安。

なぜ公衆衛生を選択したか

私の出身の医科大学も田舎なので、田舎医大と呼ぶ。その田舎医大五年の夏休み、アパートの隣の同級生（女子）と気が合い、〝外科に入りたいよね〟ということになったので聞きに行ってみることにした。外科の教授を二人で訪ねると、教授は足を組んで「ふーん、それなら見学に来てみればいいよ。こちらの都合のいい日を連絡するから、二人の名と連絡先書いて」と言われた。そのまま夏休みも終わった。新学期にアパートにもどり隣の同級生に聞くと、

「あらっ！　私は連絡もらって見学してきたよ。あなた、何で来ないのかと思ってた……」

と言うではないか。

「えっ？　連絡きてないよ。私、待ってたのに」

携帯電話のない時代の話だ。

私はこの時点で外科をあきらめた。成績優秀で美人のお隣さんだけに連絡するとは、けしからん外科だ。そこで私は簡単に外科をあきらめたのだった。その後、成績優秀の美人のお隣さんは、結局、別の科に入局してしまった。失意の私は、色々考えた。

（それじゃあ、病気がなくなれば内科だ外科だ何科だと悩まないんだわ。だったら公衆衛生しかないわ）

となったのだった。同級生にも、後輩からも言われた。

「なーんで公衆衛生に入ったのよ。面白くねぇー。もうからねぇー」

でも私は、公衆衛生に今でもプライドを持っている。確かに地味だけど、それでいい。おかげ様で教授のはからいで、田舎から東京にある「国立公衆衛生院」（現、国立保健医療科学院）に一年間通わせていただいた。医者でない友人にもたくさんめぐり合えた。勉強というよりも、楽しい一年間だった。また、公衆衛生の拠点の保健所でのバイトをさせていただき、一度に何百人もの健康診断に携わったり、一度に何百人もの採血や血圧測定を担当したことは有意義なことであった。

このような基礎系に入局する医師は、国公私立共にほんのわずかであることは残念なことである。

女医とは医者ではない

夫の留守時に、たまに私が外来に出ることがある。私の普段の担当は、特別養護老人ホームの施設長という肩書きだ。外来で患者さんを呼ぶと、私を見て、「あれっ？　今日は先生いないの？」。

最初は、「男のいつもの先生がいないのか？」との質問と思ったが、違うのだった。先生はいなくて、女のあなたは看護師さんでしょ。先生いないのならまた出なおすわ、ということだった。夫は、「『私も医者です』と言えよ」と言うが、いつも機を逸してしまう。さすが田舎だわ、医者は男、看護師さんは女と決まっているのだ。仕方ないか、私が嫁いできた時、この市内に女医さんは四人のみであった。ちなみに私は「女医」という言葉は使いたくない。女性医師が「女医」なら、男性医師は「男医」と言うのか！　女医は医者でもなく看護師でもなく、何者だっていうのよ――ある日、深く聞いてくる患者さんがいて、「女医さんて、どういうふうに資格とるんですか?」と言うので、「医学部六年間通って、国家試験に合格して……」と説明にかかったら「へえー、医者と一緒やね」と言う。そう、一緒なんですよ、女医も男医も同じ医師ですよ。

私が嫁に来た頃は、県内にいた女性医師は私を含め四人で、そのうち三人が私を含め〝玲子さん〟であった。漢字も一緒。私以外のお二人の玲子先生は、かなりの才媛。私にしたら、名前が同じだけでもうれしい限りだ。田舎医科大学時代、ルームシェアしていた同期も玲子さん。姪も医師になったが〝礼子さん〟。そして、女性医師がたくさん活躍する時代となってきた。最近では、夫の代わりに外来に出ていると、「先生(最近ではあきらかに夫を指している)は、どうしたの? 体調悪いの?」と患者さんから心配される。そんな年齢となったのだと、つくづく思う。

名前で思い出したが、義母は、女の子には必ず〝子〟をつけることが高貴なことと言っていて、私の子たちは、皆〝子〟がついている。今さら気付いたのだが、息子の名にまで〝子〟が入っていたとは、びっくりだ。そして、「女の子には〝子をつけよ〟」などと娘たちには一言も言ってないのだが、なぜか、孫たちも全員に〝子〟がついている。娘たち、おばあちゃん大好きだったからな。ちなみに、大正生まれの義母も〝子〟がついていた。

令和六年の大河ドラマのお姫様たちも〝子〟がついている。本当は〝し〟と読んだらしいが。皇室のお姫様たちも、しかり。うちも〝子〟を使わせていただいております。

非魔女奥様、教育委員になる

四人目が生まれて一年たった頃、田舎市の教育委員にならないかとの話がきた。委員のメンバーにどうしても女性を入れる必要があるので、とのことであった。子供も小さいし、会議嫌いの私は断る方向でいた。が、夫が〝せっかく選んでくれたのだから受けてみたらどうか〟とのことで、受けることにした。前任者はT大出の才女、またその前は、語学に堪能な才女と聞いた。私にできるかと心配したが、行政側の有能な担当者が何人もついていて下さって、何となく任期四年を満了してしまった。大変良い経験だったと思っている。さらに、この教育委員会の四年目には、私のような者が田舎市の教育委員長にも推薦された。不可能と思っていたものが、またまた有能な担当者のもと、できたように思う。

この教育委員会がもととなり、その後も市や県の色々な委員会や会議のメンバーとなったことも面白い貴重な体験であった。

さて、教育委員は、月一回の会議と学校訪問等があり、行政側の有能な方たちが一から十まで付き添って下さった。当時の私より年上の方たちが、学校へ到着すると車のドアを開け、校舎に入る時には申し訳ないことにスリッパを出して下さったりと、いたれり尽くせりで、何の不安もなく学校訪問もできたのだった。本当に皆さんに感謝だ。懇親会も多かった。子供が小さかったので早めに帰らせてもらっていたが、懇親会は、面白い世界だった。酔っぱらって酒乱になる教師もいた。大声を出したり、机をたたいたり、日頃の鬱憤（うっぷん）をはらしているかのようだった。ただ、教育委員たちは、皆大らかで（？）見て見ぬふりをしていたのだった。

市や県の男女共同参画委員もした。個人情報保護委員、行政改革委員、教員面接試験の面接委員もした。当時は、委員会にとにかく女性を、ということで、常に白羽の矢が立ったからであった。どれも少人数なため、必ず意見を述べなければならず、事前にもらう書類に目を通して、質問や、自分の考えなるものを予習していったものだった。

中でも、男女共同参画委員が一番きつかった。なぜなら、私は男女不共同参画の方に傾いているからだ。男女共同を唱えるばかりに、色々な会議に無理に女性を登用せねばならない。無理に平等とつじつまを合わせる。共同参画したくない人もいることを忘れないでほしい。運よく男女共同参画バリバリの元教師の方に引導を渡すことができて、かなりほっとした。

男女は、そもそも色々と違っている。差別ではなく区別だ。しかも、女性の足をひっぱっているのは、そもそも女性だ。そして男は男尊女卑のかたまり。これでは、うまくいくはずがない。無理矢理、女性委員を選ばなくても良いと思う。

私は、子育てと仕事と両立したくない人なので、両立してがんばっている女性を見ると、すばらしいと思う。色んな人がいてもいいよね。両立したい人。子育てのみしたい人、仕事のみしたい人、奥様でいたい人、個々の意志を尊重せねば！

教員面接試験

教育面接試験の試験官は、一番楽しい仕事だったように思う。楽しいし、自分のためにもなった。本屋で〝教育採用面接試験の臨み方〟とかいう本も買ってみた。一人に対し三人の面接官がつくのだが、結局、採用の可否の意見は三人がほぼ一致したことが不思議だった。皆、一緒の考えということだ。

却下したのは、上履持参と書いてあったところを忘れてしまって靴下で入ってきた人。生徒に〝忘れ物しないように〟と言えないだろう。あとは、メイクがバッチリな派手すぎ女子。何しに学校に出勤するのか。メイクの授業でもするのか？

〝給食費が払えない子をどうするか？〟について、〝親御さんが払えるまで、立て替えます〟という回答をした志望者もいた。って、あなた、いつまで払うの？　上司の先生への報告、連絡、相談（ほうれんそう）はしないのか？

真面目すぎ、緊張すぎの人は、別にそれでいい。それでも、しっかりと質問に対する解答をしてくれたら、それでいい。トンチンカンな答えの人、答えがまとまらず、長い時間をとる人などはNG。今は、良い本が出てるのだから、予め勉強しておいてほしいね。

次は服装だ。誰が決めたのか、黒のスーツがほとんどだ。お葬式でないのだから、清楚ならいいんじゃないの？　私は葬式以外に黒を着ることはないし、黒のスーツが嫌いなのだが……いや、黒のスーツだからといって落としませんよ。ただ、すっきりしたきれいな色のワンピースやスーツでこられた方は好感度アップ。なお、きれいな色の方が、すべて音楽専攻の方だったことに驚いた。やっぱり音楽って、いいよね。生活にうるおいを感じる。しかも、解答が明るい。音楽志望の先生、できたら皆採用したい。

非魔女奥様は田舎病院の雑用係

田舎病院に帰った当初は、病院のみで老人保健施設やら居宅サービス等はまだなかった。スタッフも事務さんとナース、給食調理員のみで少なく、雑用をしてくれる人はいなかった。そこで、私が必然的に雑用係となってしまった。いくら公衆衛生が専門とはいえ、まさか雑用係になるなんて。

たとえば多額の借金のための銀行の書類書き。何度銀行に通ったことか。住民票や印鑑証明の発行に市役所へも足しげく通った。子供四人のうち何番目か忘れたが、お腹にいて、大きなお腹をかかえていたにもかかわらず、夫は、そんなことは何も思わず雑用を頼んできた。妻への思いやりなどはまったく感じられない。その翌日、確か出産した。

田舎病院から、医大の附属病院や他市の病院に患者さんを送るのも私の仕事だった。実家の父が倒れた時でさえすぐに駆けつけられなかった。大きなワゴン車を、もちろんナースも同乗してくれてはいたが、かなり緊張して運転していた。しばらくして、通所リハビリテーションも開設し、専用の車や運転手さんもそろったので運転の役目は終わった。

ほっとした。
今後も、本当は〝いたしません〟と言いたい雑用は続くだろう。

非魔女奥様PTA役員になる

私の苦手なものの一つが、何かの役員だ。子供が四人いると、必ずどこかでPTAの役員にさせられる。断りきれない。子供が四人もいて、長い間学校の繁栄に努めるのだから、逆に役員は免除してほしい。四人もいると、会議に出る時間も大変だ。選んでおいて会議に欠席すると次回、こそっといやみを言われる。「Aさんて、PTAの仕事してないよね」と。子供会の役員もしかり。忙しくて出られない日があると、「前回、Aさん出てこなかった時に決まってます」なんて言われる。本当に役員は嫌いだ。なりたい人がいっぱいいらっしゃるのだから、そちらから選んでほしい。私のことを「仕事してないよね」と批判した人に、役員は、まわしてほしい。

偏食非魔女奥様

好き嫌いが多いので、何が好きですか？　と言われても、考え込んでしまう。何が嫌いですか？　と問われると、リストアップは延々と続く。リストアップしてみますか。メロン、スイカ、きゅうりなどの青臭いウリ系。じゃがいも、さつまいも、栗、かぼちゃの芋系は、口の中がモサモサして、どうも食べられない。みかん、オレンジ等の柑橘系も、皮をむいた瞬間のツンとするのがだめだ。トマトも嫌い。魚についても、生臭いのがいやで、青み系は食べられない。お漬物、梅干も食べられない。

ちなみに、魚、梅干、漬物嫌いは、母ゆずりだ。母はもっと徹底して、それらがダメで、一度お漬物をのせたお皿は、いくら洗っても臭うような気がすると言って、他のものには使うことがなかった。魚は一切だめで、私の方が、サケや白身魚は食べられるので、まだいいかも。ただ、母はミカンが大好きで、小さい頃からミカンがたくさん食べられるところへ嫁に行きたいと思っていたそうだ。また、母の実家は、海に面しているところで水産加工業を営んでおり、常に魚を日にしていたはずだが、かえってそれが魚嫌いにさせてしまったのだろうか、不思議だ。

アイスコーヒーは飲めるが、温かいコーヒーは、なぜか飲めない。結婚披露宴の最後に出てくるホットコーヒーとメロンは、ごめんなさいだ。

ところで、秋になると、ケーキ屋さんにお芋のケーキ、栗のケーキばかりが並ぶのでつらい。私の好きなチョコレートケーキなどは隅の方に押しやられて、選択肢も少ない。お芋や栗が嫌いな人がいることを、ちっともわかっていない。季節のコーナーと常設コーナーをせめて半分ずつにしてほしい。

では好きな物は？　というと、これも難しい。チョコレート、だんご、アイスクリーム、パン、ケーキ、菓子は好きだが、内容による。例えばチョコレートはブラック系の口の内でのキレの良いもの。で、特にコレと決めているのがあり、その二、三種のみだけが好きだ。洋酒インのものは特に大好き。だんごも大好きで、みたらし系の米粉のだんごは大好き。福井県内なら、美味しいだんごとウワサを聞けば、買いに走る。食べに行く。京都は私好みのだんごが多く、京都へ行けばだんごやさんめぐりをする。

アイスクリームも大好きで、毎夕食後に、切らしたことはない。シャーベット系は好きではない。夏の枝豆は大好物。ビールを飲むわけではないのに、毎日一袋たいらげる。夏バテ防止に効いている気がする。

ケーキもしかり。生クリーム少なめの、スポンジ部分が少なめのものが好きだ。チーズケーキはあまり好きではない。最もダメなのが、シュークリームだ。シューも嫌い、カスタードクリームは最も苦手。シュークリームは私の中ではケーキとは言えず、見るのもつらい。ゼリーやプリンも苦手、あのキョトキョトした食べ物は、どうも好きになれない。夏にゼリーをお中元などでいただくことが多いが、ごめんなさい、ごめんなさい。

本当に、色々考えて持ってきて下さる方、ごめんなさい。でも、この好き嫌いは私のみで、夫も子供たちも、何でも食べますので、今まで通り、持ってきて下さい。皆、バクバク食べますから。

きゅうり、芋以外の野菜は、ピーマン、にんじん、ブロッコリー、レタス、白菜、玉ネギなどなど、好きなので大丈夫ですよ。芋の中でも山芋、里芋はどちらかというと大好き。パンも大好きで、クロワッサン系で中には何も入っていなくて上に砂糖がかかっていたら最高だ。ちゃんと私ランク一位のパンは決定していて、不動になっている。

偏食DNAもちゃんと子供たちに伝わっていて、ある時、長女と行ったレストランで二人できゅうりをよけて残したら、シェフにしかられた。「もったいないやろ！　きゅうり嫌いってはじめから言ってよ」と言われてしまった。ホント、もったいなかったです。すみません。

インスタントラーメン、カップラーメンも食べることができない。どうしてもいやなものの一つだ。ところが夫は学生時代、食べ飽きたはずなのに、大好きで、こればかりは自分の好きなように作るため、講釈を並べたてながら台所に立っている。殿の料理（?）のためなのか、カップラーメンが三分経ったあと、カップのまま食べずに、わざわざラーメン丼にあけてネギやチャシューまで入れたりする。もはやカップラーメンではない……美味しそうに見えるが、でも私は食べたくない。

非魔女奥様の得意料理

料理教室には一度も通ったことがない。私の得意料理は、つい最近までないと思っていた。けれど、一つ、二つあることがわかった。まず料理とは言えないが、カニが上手に速くさばけること。これは越前に住んでいて最も重要なことだ、と私は思っている。それ以外では、煮豆のうちでも黒豆である。市販の黒豆は、いかにふっくらと艶良く炊いてあるかに尽きる。しかし、義母に言わせると、あれは本当の黒豆の煮方ではないという。シワシワに、そして、味を良くしみこませてこそ黒豆と言われるんだそうだ。黒豆が縁起が良いといわれる所以は〝年をとり、シワシワになるまで、まめに生きましょう〟ということなので、シワシワは、なくてはならない条件である。越前に嫁いで初めてこのシワシワ黒豆を経験し、そのあまりの美味しさに感動した私は、当時のお手伝いさんから教わり、がんばって修得した。何度か失敗してふっくら黒豆になってしまったが、今では完璧になった。シワシワの理由を子供たちは知っているが（何度もしつこく説明したので）、所以を知らない方々には、こんな美味しい黒豆をあげたくない。作り方は企業秘密だ。箸休めに、ところどころに顔を出す〝こんにゃく〟がまた、すばらしい。黒豆と間違わないよう、黒豆よりやや大きくカットしてある。どうしてもシワシワの黒豆に会いたい方は、ぜひご一報を。

やきそばもまあまあいけるかな。〝家にいてお祭りの屋台の味を〟とのキャッチフレーズのもと、家のフライパンで作る。子供たちも納得。屋台の味になっているはず。

お正月の直前にしか現れない伊達巻も大好物で、お正月前に自分用として何本も買っておく。だが、大好物なのに、お正月にしかお目にかかれないので、レシピを見ながら作れるようになり、今ではお正月でなくても、自分の味を賞味できるようになった。この頃のレシピは、かなり上手にできている。そうそう、福井名物・水ようかんも作れるようになった。

奥様のご趣味

「趣味は？」と聞かれると「読書です」と即答している。それも、まあまあ本当なのだが、その上を行く趣味がある、それが懸賞応募なのだ。歴はかなり長い。うん十年前の小学生時代にさかのぼる。少女マンガ雑誌を読んでいると、必ずそこには懸賞がついていた。そこで応募し、当選を何回かしていた。それが、ずうーっと続いている。ほとんどがクローズド懸賞だ。これはバーコードやレシートを集めて応募するもので、当選確率は高いと思う。そのため、台所の一角に懸賞応募用の商品の空袋等が山積みとなっている。家族にはゴミに見えているが、私にとっては、これがお宝に変わる山だ。家族からは、「このゴミ、どうにかせーー！」と言われていたが、懸賞に出すお宝になるはずの山だとやっと理解され、今では、家族はだまっている。それどころか、何と、商品パッケージのゴミを、ゴミ捨てでなく懸賞コーナーに何でも入れてくるようになってしまった。「これいらないよ」と言うと、「お母さん、懸賞に出すと思って入れといた」という返事。ま、いいか、私が必要でなかったら、捨てればいいんやで。

マーケットへ行っては懸賞コーナーに毎回立ち寄り、ハガキや情報を仕入れてくる。最初は（知り合いに見られていたら……）と思ったが、だんだん平気になって、堂々ともらってくる。

懸賞で、もう一つ自慢したいのが、当選記録ノートだ。何年何月何日に、何の商品で何が当たったのか、いくらくらいのものかが、記入してある。それを見ると、当選が、ここ最近かなり減少しているのがわかる。出す数も減ってはいるが、やはり景気が反映しているのではないかと思っている。それに、知り合いや子供たちに、懸賞の楽しさを教えたせいで（?）私の当選確率、減った？「出さなければ当たらない」の精神で今も出し続けている。ネットが不得意の私は、もっぱら、ハガキ懸賞のみに頼っている。

ちなみに「買わなければ当たらない」の宝くじは、いくら買っても当たらない……。

ほかには、テレビドラマのうち、サスペンスやミステリーで一話完結が大好き。いつも三女と二人で鑑賞していたが、今は一人で鑑賞（三女が嫁いだため）。

もう一つの趣味は、バーゲンセールかな。主に洋服は、定価では買いたくない。季節のものでも早くに割引になった時に購入する。もし、それまでに気に入ったものが売れてしまったら、その時はその時。あとはギリギリ、かけひきで値引きを待つ。これは母の遺伝？？　母もバーゲンが大好きで、「あ、一割引になった、あともう少し待とうかな」などと、結構面白がっていた。しまいには、母は五割引でも買わないこともあり、「七割引まで待つ」と言っては、売れてしまったのを悔しがったりしていた。これはもうゲームとしか言いようがない。かなり楽しんでいたに違いない。

だが、今、バーゲンセールゲームは休止中である。ある時、寝ている夫の顔に値札のついた洋服が落ちてくると苦情がきた。確かに、購入できて満足すると、そのまま置き去りにするくせがある。そのため、今は、気持ちをかなりセーブしている。

逆に興味のないものがある。それは、ブランド物とアクセサリーである。ブランド物は日常使えないし、洋服のように購入したのみで納得して、値札をつけたままタンスの肥料にするにはもったいない。アクセサリーも、仕事柄つけてはいられないし、指輪も手洗いに困る。ネックレスは、子育てから孫守までで経験したが、だっこしたりすると、ひっぱられる。なので、高価なものも、安価なものも、いらない。何十年もそうしているうちにまったく興味がなくなって、欲しがられない夫は、バンバンザイだ。いい奥様だ。いやいや、本当は買えないのだ。給料は借金返済と四人の子の教育費に使われ赤字続きなのだから。やはり、ブランド物もアクセサリーもいらないわ。

忙しさにスッピンでいたら、もう化粧にも興味がなくなり、ずっとスッピン。化粧品も減らない、しかもお肌には良い。良いことが多い。夫からは「化粧してもしなくても一緒だよ」と、どちらとも取れる発言あり……。

奥様大失敗

あわてものなので、仕事や行動は早いが、失敗は多い。子供たちのお弁当へのお箸の入れ忘れ。水筒の中栓を忘れて、子供たちのカバンから水が滴り落ちていたり、教科書が水でふくれあがっていたり……ごめんね。

犬の散歩中にリードにからまり転倒し、肋骨三本骨折を二回。あわてて何かわからず転倒し顔面打撲二回、顔を四〜五針縫ったりもした。家の中でつまずいて左前腕骨折もした。今では骨粗鬆症（こつそしょうしょう）予防のカルシウム剤を服用中。

妊娠中、階段の五段目くらいからすべり落ちたこともある。何ともなかったけれど、何番目の子だったか……お腹の中で頭打ったか、はて、今となっては不明。

スーパーを歩いていると、後ろの方で、静かにささやく男の声がした。「奥さん、ちょっと」ふりむくと四十代の男の人だ。えっ？　ナンパ？　いやいや違った。スカートの後ろボタンがバッチリ外れて、お尻が見え隠れしていたのだった。はずかしかったに違いないが、勇気を出して教えてくれて、本当にありがとう！　私は後ろをカバンで隠すと、すぐに家に帰った。ボタンは、派手な外れ方をしていた。というより、スカートよりお尻の方が、大きめだったかも⁉

田舎病院と自然

私の実家の方が田舎かもしれないのに、出身が関東地方というだけで、しかも雪が降らないというだけで都会の人と思われている。本当は、三月の終わりに遅い雪が降る。私の高校入試は雪で延期になったし、里帰りの出産で長男の生まれた三月下旬は、積もるほどの珍しい大雪だった。けれど、都会の人と思ってくれているのを訂正しないままで今日も生きている。

田舎病院の冬は寒く雪が降るが、実は、実家は晴れてはいるがもっと気温が低く、風が冷たい。家の中の洗面器の水やトイレの水が凍ることがたびたびあり、よく母がお湯をわかして水道管にかけたりしていた光景を思い出す。

たぶん雪で、見た目が寒いせいもあるのだろう。湿気が多く冷たく感じることもあるだろう。加湿器は必要ない。田舎病院の人たち、近所の人たち、さらに夫も含めて、「(日本海側を)〝裏日本〟って言うと怒るよ!」と、口をそろえる……あらっ、自分で言っちゃってるじゃないの。

雷は冬に多い。関東では、雷は夏にあるのみだったので、冬に鳴る雷に、最初の頃は驚いた。〝雪雷さま〟と言って、雪の降ってくるお知らせらしい。しかも、いつも必ず大きい。光ったあと、すぐさま地響きのする音となる。雷での被害は、人命でなく家財道具に起こることがほとんどで、テレビがこわれたの、パソコンがやられたのとよく聞く話だ。

晴れていたと思うと突然雨や雪になり、一日、いや一時間の中でも千変万化の天候だ。そのため、冬に虹もよく見る。大きな太いくっきりとした虹が、よくかかる。雨はどうかというと、関東のようには、たくさん降らない。〝そぼふる〟のが北陸の雨だ。傘がいるような、いらないような、そんな雨だ。でも、親たちは昔から言われてきた言い伝えをよく口にする。〝弁当忘れても傘忘れるな〟と。

融雪装置

初めて北陸の地に足を踏み入れたのは、自分の三月の結婚式が決まった一月だった。はずかしながら、その時、生まれてはじめて東海道新幹線に乗った。なんだか、遠くへの旅行気分でうれしかった。田舎病院の最寄駅に着くと、雪が少し積もり、寒々としていた。駅前の道路は、びしょびしょであった。長靴でないとあかんかったな。長靴など持っていないけど、でもなぜ道路がびしょびしょなのだろう。聞くと、融雪装置が道路に埋め込まれていて、地下水などを噴水のように出して雪を融かしているそうだ。車には良いかもしれないが、歩く者にとっては、水が靴の中に入ってくるわ、衣服に飛んでくるわで、とても迷惑なものだった。しかし、これのおかげで、ある程度の雪なら除雪なしでも車が走れるのだった。車が優先。

トンネルの入り口には箱が置いてあり、その中に塩化カルシウムの大袋が積んである。撒くと、雪の時の凍結防止になるようだ。新品のスコップなども置いてあり、いたれり尽くせりだ。本当にこれらが必要な時のために、お願いだから個人的に持って帰らんといてほしい。私はまだこれらにお世話になったことがない。雪の多い場所ほど除雪車が早々と現れ、きれいに除雪をしていってくれるからだ。

時々、田舎には迷惑なヤツがいて「自分は、山の方に住んでいて、積雪が多いし、出られないから、除雪車、一番に来て」と役場に電話があるらしい。ある程度、自分で除雪するか、そうでないなら待たなあかんやろ。自分勝手すぎる。

福井名物・武生名物

福井名物は、まずお土産としては、羽二重もち。最初はあまり関心をもっていなかったが、皆に持っていくうちに、意外と好評であることがわかった。今では、必ずお土産は羽二重もちにしている。線維、織物が栄えた福井で生産されていた羽二重のような、白く美しい、そして、やわらかさを表現した求肥のお菓子だ。あん入り、チョコ入りなど出ているが、一番人気はプレーンだ。

次は、実際に食べに来てもらいたいもの。それは、〝おろしそば〟である。夏冬の区別なく年中冷たいそばに、辛みのある大根をかけ、だし汁をかけ、食べる。これは、そばそのものの味が問われる一品だ。そば屋さんは、ボーッとしてはいられない。なぜなら素人さんでもそばうちをする人が多く、そば打ち用の部屋まで作っている人もいる。プロかアマかわからないほどレベルは高い。だしまで、アマの方でも手作りだ。そば屋も多く、食べる人は、自分の好みや食べる趣味をかねて、そば屋分布図を持って食べ比べをしている。ちなみに夫もその一人。毎週休みの日には、色々なそば屋をたずねている。そば好きの方は、ぜひご来福を！

福井では、真冬にこたつで食べる水ようかんが不思議だ。水ようかんと言えば夏と思っていたが、冬の名物だとは、何とも理解しがたい。B5判の平たい紙の箱にのばされていて、へらですくって食べる。冬にだ。また、これが、しつこくなくてたくさん食べられてしまう。時々、あるメーカーの水ようかんは、三箱、いや五箱と、ひもでくくられて売られているから、大変だ。

冬に食べられるようになった理由には色々な説があり、昔〝丁稚（でっち）〟さんが、自分がようかんを食べたくなり、かなり薄めた羊かんを作ってたくさん食べた気持ちになったとか、帰郷にあたりお土産にしたとかいう話があるらしい。美味しいが、箱を水平にしか持てず、やわらかすぎて、残念ながらお土産には難しい。近頃では、ピチッとパックになっているものもあるが、やはり、紙箱入りのふつうの方がなじめる。我が家には〝水ようかんランク〟なるものがある。好みにもよるが、県内の水ようかんを、水ようかんおたくの三女と共にほとんど網羅している。何と、毎年一位に輝くのは一般の方の作ってくれる水ようかんだ。メチャうま！

ちょっと高価になるが、鯖江のメガネフレームもおすすめである。鯖江のメガネは日本のシェアのかなり高率を占める。東京のデパートで、ステキなメガネフレームを購入したらメイドイン鯖江だった。それ以後、いつも地元で購入している。

越前打刃物もすばらしい。最高の切れ味、そして長もち。研いで研いで、何年も使える。一流シェフにも愛用している方が多い。ふるさと納税では、何か月も待つらしい。かなり高価なものだが、結婚式の引出物に使われることもあり、庖丁の箱には御縁は切っても切れませんと五円玉が入っていて縁起ものとされている。帰宅時、銃刃法違反に注意！

引出物に入っている特産品としては、河和田塗、若狭塗の椀もある。これも本物は高価であるが、実際に見てみると、やはり高価なものは、すばらしい。飾っておきたいが、使わなければ意味がないからどんどん使ってしまおう。汁椀だけでなく、今では、茶碗、湯のみ、皿、ボウルなど、ほとんどカバーされている。一度、おためしを。

日本最古の六古窯の一つに越前のぼり窯がある。だんだんと火が登っていって器を焼いていくようになっている。越前町小曽原が、その地であり、田舎病院の所有する国重要文化財のある場所でもある。良い土がとれる所だ。テニスコートを作る土もとれる。越前焼は素焼きで、土をそのまま焼いた土色の土器である。評価は二つに分かれる。〝地味すぎる〟と、〝器が地味なので、花や食材が映える〟と。これは、使う人の趣味の問題かな。それはそうと、当家も、武士の時代が終わってから家業として窯業をしていた時代があったそうだ。今も重文の家には越前焼のかなり大きな水瓶が残る。全盛時代には、たくさん焼いて企業として成り立っていたようだが、ある時、電車線路用の枕木の入札に入り、他社との争いで負けてしまったそうで、当家の窯業は、衰退してしまった。ただしこれには後日談があり、当時の当家の姪が、入札を勝ちとった会社の社長と不思議なご縁で結婚し幸せな生活を送ったらしいので、当家にとっても〝良し〟とせざるを得ない結果であった。

冷たいきれいな水で漉く越前和紙も地場産業で、著名な日本画家たちが昔から利用しているものである。一年間越前に滞在していた紫式部も源氏物語の執筆に使用したそうだ。特に〝横山大観〟は、かなり越前和紙を使用したそうで、ある和紙職人の家には大観の作品が何十枚も残されており、県の美術館にすべて寄贈なさった。寄贈の作品だけで横山大観展が開催されたこともあり、それはそれは圧巻であった。

実は当家にも大観の描いた一枚が残されていたが、ほかにも大観自筆の手紙やハガキが大量に一緒に保存されており、歴史的価値が高いとのことですべて東京芸大に寄贈した。子供たちは「寄贈でなくて、オークションにかけて売ったらかなりの額になったんじゃないの」と言っていたが、うちにあったものは、和紙職人さん宅の寄贈した分から比べると、何十分の一にすぎない。

今では、越前和紙製の色々なグッズが販売されており、お店に入ると、とても楽しい。一年に一度、和紙のお祭りがあるが、和紙の切れ端がとても安く販売されている。切れ端といっても大きさはそろっているし、メモ帳やびんせんにも使えるから、お得感あり。紙漉き体験もできる。

食べ物の話にもどる。もう一つ、何とも美味なのが、ソースかつ丼だ。かつ丼と言えば、一般的には卵でとじたものだが、特製ソースをまとわせた薄い小さめのとんかつをドンブリご飯にのせたものが、ソースかつ丼だ。食べやすくて美味しい。ソースの味には店ごとに差あり。たいがい薄めで小さいとんかつであるが、三枚ものっかっている。福井でかつ丼を注文するときは、必ず〝玉子かつ丼〟か〝ソースかつ丼〟かを伝えよう。〝かつ丼〟だけでは、ソースかつ丼が出てくるから。

お米は〝こしひかり〟。今では新潟が本場と思われているが、本場は福井県らしい。どこの家でも福井では美味しいお米を食べているから、田舎病院でもそれ相当のお米を出さないと「お米が変わった。まずい」などの苦情が入院患者さんからくる。私もまたその一人で、外食して、おかずはまあまあでもご飯が美味しくないと、がっかりする。〝国産米〟と書いてあっても、まずいご飯もあるから、要注意。

最近、〝こしひかり〟に加え、〝いちほまれ〟という福井産のお米が出回っている。がんばって〝こしひかり〟より上のブランドをと福井県が開発したものだ。一度、ご賞味あれ！

田舎市の山奥では〝白山スイカ〟がとれる。八月のお盆頃にやっと収穫されるが、大きくて甘い。高価である。スーパーには出回らず、京都や大阪の料亭などにいってしまうらしいが、たまたま生産者と仲良しで、毎年、持ってきて下さる。絶品だ。

名物ならぬ名所と言えば、田舎病院から徒歩五分のところに中央公園があり、毎年十月初旬から十一月初旬の約一か月間、菊人形のイベントが開催され、屋台やＯＳＫ歌劇団のレヴューが見られる。遊園地として広大に整備されていて遊具もあり、菊人形以外の四月から十一月（冬は雪のため閉鎖）、大勢の家族でにぎわっている。紫式部が父と共に越前で一年間暮らしたことが伝えられており、令和六年はさらに華やかである。孫たちは休日のたびにそこで楽しんでいる。

越前カニ

冬の十一月の声を聞くと、私の心はソワソワする。越前カニの漁が始まるのだ。これは、どうしても何があってもいただかなければ年は越せない。何が何でもだ。越前カニとは大の仲良しだ。

夫が学生時代、持ってきてくれた越前カニの味が忘れられない。といっても、私だけに持ってきたのではなく、何かのうち上げ会があった時に、彼が持参したカニが出てきたのだった。そして、運よく越前カニと結婚できたのだ。いや、越前カニを持ってきた夫と結婚できたのだ。年々カニは値上がりして、ふつうの大きさで三万円はするほどになった。越前カニのメスは〝背甲(せいこ)カニ〟といい、皆はセイコちゃんと呼んでいる。小さくても身が甘く美味しい。さらに味噌と子をたくさん持っていて、これが、かなり美味しい。おすすめは、越前カニの三万円を三人くらいで食べ、一人一パイずつ〝セイコ〟ちゃんにすることと。大満足できると思う。ぜひぜひおためしを。そんなわけで十一月からはカニをたくさん食べて、横歩きしている私がいる。魚はさばけないが、カニは料亭以上に上手に、しかも速くさばけるのが、カニ好きの私の自慢だ。

田舎は一家に家族人数以上の車所有

田舎の交通手段は車しかない。バスはあるが、一日朝晩の二本とかなので、行ったら帰れない。そのため車は必需品で、しかも共働きが多いので一人一台持っている。ともすると、家族の人数より多い台数を持っている。通勤用の車、家族で遊びに行く用の大きなワゴン車、農作業用の軽トラ……。雪につぶされないよう大きながっちりとした家に、駐車スペースは三~四台と広い。田舎病院のある市には、豪邸が多い。大富豪ぞろいである。

ちなみに、福井は社長と名のつく人数が全国で四十二年連続一位。一人一人が会社を立ち上げていて、社長というわけだ。雪に閉ざされる長い冬にうち勝って生きてきた人々の根性はすばらしい。

そうそう、人口が少ない県にもかかわらず銘車を持っている人が多い。また、船を持っている人も多い。港に預けておいて、休日に乗るのだ。大きな船は何人かで共同で保有している。近所のおじさんたちが、ふつうに会話している。

「あんたんとこのF（イタリアの高級車）、調子いいんか？　うちのね、こないだ故障して、修理出したんや。スゲーお金かかったワ」とか、「来週の日曜、船出すけど、乗りに来るか？」とか。「あんたのとこの船、もうすぐ車検（船検？）じゃないか」とか、富豪のような話は続く……。

非魔女の家族

夫は、世が世ならお殿様なので、本当は大好きな歴史の研究を仕事にしたかったらしい。私が歴史音痴のため、そう見えるのかもしれないが、夫に歴史解説をさせると、どの時代のことでもよくわかる。夫が必ず見ている某歴史番組に出してもらえるといいな。このあと私に時間があれば、夫の歴史解説を口述筆記して本にまとめたいくらいだ。残念ながら世が世でないので今は田舎病院でアクセク無休で働いている。

そして、十石峠越えの時にお腹にいた長男は〝石橋をたたいて渡らず〟の人だ。しゃべることは妹三人にまかせているので無口だが、やさしさ抜群。

長女は五黄の寅年で、それらしい（？）性格と思う。今や田舎病院より田舎で家の前によく熊が出没する防災訓練ならぬ防熊訓練の必要な土地で、三女のおっかさんになっている。

次女は下三人女の中子（なかご）で、中子症候群という言葉もあるらしいが、常に自分ですべてを決定し、進んでいる。ギャルのままで社会人になっている。中子が良い方にでているケースかも。

ばっち（末っ子）の三女は、〝ばっちのばか蔵〟ではなく、上三人にきたえられてしっかりしている。いじめにも屈しない、今や二女のママ。

四人とも、とてもいい先生やたくさんの友人に恵まれている。幼稚園や小中学校からのつきあいが続いていて、友人なしには語れないそれぞれの人生がある。家族についてはまだまだ書きたいことがあるが、また別の機会にしたい。

次に二代目メスのボーダーコリー。甘えん坊で人間大好き。でも小さいワンコに吠えられると、しゅんとなって隠れてしまう気弱。太りすぎて獣医さんにいつも叱られている。最後は金魚……珍魚……。一匹はいつも背泳している。見た人からは「一匹死んでますよ」と言われる。いえいえ、背泳が趣味なんです。もう一匹はデメキン。真っ黒だったのに、赤い金魚の中に生活していたせいか、今は〝真っ赤なデメキン〟になってしまった。

いずれにしても、皆、健康で長生きし、夫が言うように、〝人は幸せになるために生まれてきた〟のだから、いつまでも幸せな人生を送ってほしいと思う。自分で切り開いて。

夫は私のことを、いつも口癖のように、〝幸せな人だ〟と言うので、洗脳されてしまっているような気もするが、私はやはり幸せな人で〝非魔女〟なのかな。

夫は徘徊老人？

夫は散歩が趣味だ。夕食がやっと済んだ九時頃から歩き出す。近くの公園を散歩するのだが、夜にいつもそこを通るので、通り道にある交番から警察の方が出てこられて、徘徊老人と疑われ職質された。

「ちょっと、あなた、何してるの？　こんな夜中に」

「見ればわかるだろ、散歩だよ」

「どこから来られたの？」

「あっち〃（と、後ろの方を指さす）」

「あっちってどっち？」

「あそこにある田舎病院だよ」

「入院してるの、出てきたんですか？　連絡してあげますね」

「いらないよ、オレ、そこの院長だよ」

「エー⁉？　×〇×〇　先生？」

「そうだよ。散歩してるだけだよ」

「大変失礼いたしました。どうぞお気をつけてお帰り下さい」

「まだ帰らんよ、散歩の途中だから」

すみませんネェ、警察の方。この話を聞いて夫に「〝公務執行妨害〟だよ」と言うと、「警察の方が〝散歩執行妨害だよ〟」と返してきた。夫も、いつまでも元気で散歩してほしいし、徘徊にならないことを祈るばかりだ。

夫の事故

夫が散歩を始めて間もない頃、帰りが遅いな、と思っていたら、ピンポーンが鳴り、あ、帰ってきたと玄関に出たら、白い包帯だらけの人間のようなものが立っていて、びっくりした。足はあるようだ。

「交差点で車にはねられたよ」

夫だった。

「ふきとばされたが、お腹の脂肪がクッションになって、たたきつけられても大丈夫だった。頭はとっさに両手で守った」とのことだった。メガネはメチャメチャ、あちこち打撲であったが骨折もCT異常もないと。救急車に連れられて受診したらしい。救急車が到着した時に名前聞かれて言ったら、「あー、田舎病院の先生ですね、すぐ田舎病院にお連れします」と言われたらしい。すると、夫はこう言った。

「うちの病院、今頃行っても検査できんし、オレがいないんだから、早く、どこでも運んで！」

ということで救急隊の方は近くの病院に運んでくれたとのことだった。目立つと思って着ていた真っ赤な上下は夜の暗がりでは黒にしか見えなかったのだった。その後、夫は上下白のウェアで散歩している。反射板も有用と思う。メガネを弁償していただいただけで、相手は無罪放免となった。ともあれ、メガネとかすり傷だけで済んで、本当に幸いな事故であった。

夜の散歩には白っぽい服と反射板。皆さんもくれぐれも気をつけて下さい。

夫の失踪

夏の日曜日、海に一人で出かけた夫が、暗くなっても帰ってこない。携帯の連絡もつかなくなっていた。ひょっとして拉致？　それとも、一人で泳いでいて、おぼれた？　子供たちも集まっていて、警察に連絡しようということになった。拉致よりは海に浮いてるのではと三女が冗談まじりに言ったが、冗談では済まされない時間だった……。

と、その時、電話が鳴った。まさか警察から？　ドキッとした。声は何と夫だった。

「なんか、あったの？　携帯に着信歴いっぱいあるけど」だって！　ハァー、無事で良かった。皆の心配をよそに、海から上がって一人でゆっくり夕食もとり、ゆっくり温泉につかっていたんだとさ。
でも、その後、一人で泳ぎに行くことはやめたようだ。心配かけたことを、わかってのことだろう。

ここは動物園？　サファリパーク？

田舎病院は町中にはあるものの、すぐ後ろの小川には、夏には螢が現れ、知る人ぞ知る螢の名所となっているし、サギやカメも生息している。夏は、カエルの合唱団も活動する。甲羅に直径二センチくらいの傷のあるカメが家の前までよくあいさつに来ては川にもどっていった。ある時、しばらくそのカメに会わないなと思っていたら、子供たちが、小学校の水槽にいると言ってきた。その後、狭いところではかわいそうだからと、子供たちが「うちのカメです」と言って、小学校から返してもらい、後ろの小川に放したということがあった。〝カメは万年〟なので、まだ生きているはずだと思うが、田んぼが駐車場に整備されてからは、うちには遊びに来ていない。〝助けたカメに連れられて〟子供たちは竜宮城へは行っていないが、皆、元気で大きくなっている。

そうそう、螢ももっと増えてくれたら〝螢の夕べ〟を催してみたい。屋台も出てほしい。たこやき、やきそば、かき氷、人形焼、自分で作るほど大好きなチョコバナナなど……食べたい。やはり「花よりだんご」か。

蛇も何匹かいる。玄関の片隅で、見張りをしている。ある日、自宅の風呂場の隅で蛇の脱皮した抜け殻をみつけた。お財布に入れるとお金持ちになると言われている蛇皮であるが、何だか気持ち悪くて、やめた。それでお金が、たまってない。

重要文化財の家の守り神は〝白蛇〟ということになっている。病院の新築祝いの日には、白蛇さんがお祝いに駆けつけてくれた。不思議と、同じ日、十二キロ離れた文化財の家の庭にも白蛇さんが現れましたと、管理人さんに電話をいただいた。ウソのような本当の話だ。病院の白蛇さんはもちろん何人も目撃している。ちなみに私は蛇年生まれ。この家の守り神は私だったのか……だったらもっと大切にしてほしいが。あっ、白くないからダメか。

ヤモリもたくさん、四月頃から窓にひっついてくる。ヤモリは〝家守〟なので、皆、大切にしている。窓にひっつく虫を食べるので、我が家は虫よけは使わず、逆に虫寄せをしてやっている。いっぱい虫を食べて、家を守ってほしいからだ。子供たちとヤモリの虫狩りの様子を、よく観戦する。今は孫たちも加わる。

体長十五センチくらいのムカデも、我が家には住んでいらっしゃる。背中は黒光りしていて、お腹は真っ赤なムカデだ。夜、寝しずまった頃に、顔の上や足の上を通る。結構な重量感のあるものが、チクチクと通過して、とび起きるとムカデが逃げてゆく。何度かとり逃がしたが、何回目にもなると、身近にムカデシュッシュとはえたたきを置いておくので、格闘後につかまえたこともある。ムカデに通られた顔や足は、何日間かチクチク痛み、少し腫れて赤い。ただ、毒を持ってはいないらしく、それくらいで済む。注意しなければならないのは、一匹退治した後だ。ムカデは仲良しで、必ず二匹で過ごしているらしい。一匹しとめた後に、必ずもう一匹が敵（かたき）を取りにくる。ある日、ムカデに刺されたと患者さんが来られ、刺されたところを見せてもらっていたところ、患者さんが、〝痛っ！〟と飛び上がった。どうしたのかと背中を見ようとすると、シャツをまくったとたん二十センチもある漆黒のムカデが飛び出してきたではないか。家で刺されたムカデは退治してきたはずとのこと。残された一匹が、患者さんの家から田舎病院へ来るまでの二十分、ひっついてきたのだろう。すごい執念だ。

家の天井をやぶってネコが落ちてきた時も、何事かと思った。わけがわからなかった。二階が空いていることをいいことに二階に出入りし、子供のベッドをトイレがわりに使用していたネコもいた。今は、屋根のすき間をなおしてもらって、侵入はない。

カエルも多い。大合唱団を構成しており、にぎやかだ。梅雨時の雨降りの日は大変なことになる。車で走っていると、なぜか皆、道路に一斉に飛び出してくるから不思議だ。自殺行為に近い。それをよけながら、ゆっくり走ったり、急ブレーキをふむこともある。田舎病院の人たちも皆優しい。皆、同じ気持ちで、カエルをよけて走っているという。（カエルさん！　出てこないで！）と思う。カエルばかりではない、夏の路上では時々蛇が二匹でケンカしていたり、横たわっていたりするし、カメが真ん中をゆっくり歩いている時は、路肩に車をとめて、カメをだっこして移動させたりと忙しい。

サル軍団にも時々出逢う。いつも軍団で見かける。途中の畑にサル軍団が二十匹くらい遊んでいたのか、エサを探していたのか。私の車が近づくと、ボスと思われる大きな一匹が、私の車に一番近い木にさっと登ると、他のサルたちは山の方へあっという間に消えた。が、ボスザルは、じっと木の上から私の車の動向を一匹で見守り、家族を守ったのだった。木の上で見つめるボスザルを車内からそっとカメラに納めた（ちなみに私は、いつもカメラを持っている)。人間のお父さんは、ボスの役割を、果たしているかな。

何年か前のある日、自宅の庭を見ると、人影が……背中が丸く、かがんでいるようだ。泥棒かと思いきや、サルではないか！　ギャーッと声を出すと一目散に走り出した。初めて町中でサルを見た。近所や児童センターに知らせに行ったが、その時は、誰も信じてくれず、「うそ～！　見間違いじゃないですか」と言われた。警察へ電話したところ、パトカーが見回りに来てくれ、逃げた方向へサルを追ってくれたところ、やはりサルだったそうだ。二キロ先まで目撃されたらしいが、あとは、どこかへ去ってしまったらしい。被害はなかったそうで、ベビーカーの赤ちゃんなど、お母さんがうっかり目を離していたら大変なことだ。それ以後、町中でのサルも目撃が増えたらしい。

そのほか、シカの親子、イノシシの親子、ウサギ、キジ、リス、アライグマ、ハクビシン、タヌキにも遭遇する。私は〝越前サファリパークロード〟と呼んでいる。運がいいと、保護されている〝コウノトリ〟にも会える。私はお会いしてないが、この道路近くの山の中では、クマに遭遇した人もいるし、自宅の駐車場にクマに居すわられた人もいる。怖すぎる。長女の嫁ぎ先は毎日のように熊の出るもっと田舎で、恐ろしいことだ。かわいい孫たち、きいつけて！

ネズミは完全に同居している。夜、静まりかえるとその存在がはっきりする。何かをかじっている音、移動の足音が……聞こえてくる。ゴキブリよりは重量感がある音だ。子供が小学生の頃のこと、何やら自分の机で物音がすると言う。ゴキブリか、蛇か?? 皆で恐る恐る机の引き出しを開けると、ティッシュペーパーがきれいにひきさかれて置いてある。それをとり除くと、何とネズミの三匹の赤ちゃんが大事そうに包みこまれていた。そこまでは良かったが、脇にいた父と母と思われる二匹は我々と目が合うと、何と、赤ちゃんを残して父親らしき方が外へ逃げ出した。父親(?)は薄情だった。付き添っていた母親らしき一匹と赤ちゃん三匹は、引き出しのまま草むらまで連れてゆき、そこで放した。父親捜して見つけたら、文句言えよ!

大雪　その①

田舎病院に嫁いでくる時、雪が心配だった。でも、皆、口をそろえて私に言う。「昔は雪も多くて二階から出入りしたこともあるけど地球温暖化だからね、もうそんなに積もらないよ」って。でも三十年に一度の大雪は、なぜか十年に一回、やってきている。

平成二十三年の一月、長女と私は電車で大阪に出かけた。雪の予報は出ていたが、朝は曇りで、大阪で用事を済ませ帰途につこうとした。大阪駅で電車に乗り、十分もたたないうちにアナウンスが！

「北陸地方大雪のため、電車が動いておりません。しばらくお待ち下さい」

しばらく待った結果、「線路上に多くの列車が立ち往生しており、この列車は大阪駅へもどります」

「えーーー！　明日の仕事どうすんのよ」

長女は今年度就職したばかり。休めんよネ……。そこに、またアナウンス。

「大阪駅へもどりましたら列車ホテルをご案内致します、夜になりますので、そちらでお過ごし下さい」

その「列車ホテル」という名称にごまかされた。少しワクワクした気持ちになり、（どんなホテルに案内されるのか、たぶん無料だよね。仕方ない、そこでゆっくり過ごそう）と思ったのも束の間、

「では、今から食料をお持ちしますので、今いる座席にてお召し上がりになり、九時には車内消灯とさせていただきます」

あらら〝列車ホテル〟って、この列車がホテルってことか。長女も私も、かなり落胆した。その後、サンドイッチとお茶が配られ、毛布が配られ車内は消灯となり、二人は眠れない一晩を過ごした。

翌朝、「まだ運転再開の見込みはありません。列車はこのあと車庫に入りますので、降車願います」だと。長女と二人、大阪駅にいていつ動くかわからない列車を待つことになった。構内を徘徊していて、とうとう夕方になった。こんなことならＵＳＪで楽しんでいれば良かったと後になって思った。少しでも北陸に近づこうと、新幹線で米原に降りた。しかしタクシーもなく、また夜がやってきた。米原には当時、宿もなかった……。またまた仕方なく、米原から一番近い彦根の宿をとって宿泊した。

翌日、朝食をとろうとしたら、北陸線が動いたとのニュースが入った。朝食をとれば良かったのに、その時は急いで駅に向かった。米原まで出ると普通列車のみあってラッシュ状態で、それに飛び乗ったものの、動く気配はない。何時間か後にやっと動いたが、一時間で着くはずの田舎病院の最寄り駅には、十時間後にやっと着いた。つり革をもらえただけでもありがたく、ひしめいている車内は、大変なことだった。列車からの外の景色はというと、何と両側が雪の壁になっていて、まったく見渡せないのだった。途中、駅に着いてもプラットホームも見えず、屋根のある階段にいる乗客を残したまま列車はのろのろ運転を続けていたのだった。ここまで走ってきたのも奇跡のような大雪だった。列車は、雪の長～いトンネルの中を抜けてきたのだった。

戦国時代、北陸の武士が、なぜ天下をとれなかったのか。歴史好きの夫の解説によると、朝倉義景が攻勢の折に北陸に引き返した理由は、ここにあるらしい。豪雪では、家来たちの食い扶持も手に入らず、凍りついた山道を移動することもできない。つまり、活動の季節が限られていたからとのことらしい……。北陸から太平洋側に出るには、福井県の今庄と滋賀県の木之本という、豪雪地帯が立ちはだかっていたのだった。もちろん今も。

大雪　その②

三十年に一度の大雪が、また十年後にやってきてしまった。令和二年一月も豪雪に見舞われ、福井県も各地の道路で何百台もの渋滞を引き起こしていた。いつもは三十分のキョリに一日以上かかったらしい。

ところがところが、翌令和三年の一月、またまた大雪に見舞われ、前年の交通失態にかなり反省をして注意をしていたはずが、また同じことをくり返した。何とこの大雪に、長男が遭遇してしまった。夕食を食べ、自分の仕事場近くのアパートへ車で帰途中に北陸自動車道で大雪、交通渋滞にまきこまれた車の数は百台、二百台、三百台と増え続けた。なぜ途中で止めなかったのだろう。三十分で帰れるキョリを五時間経っても帰れず、ガソリンも心配、トイレも心配、食料も心配で、とうとう翌朝になってしまった。その昼くらいには自衛隊が到着したらしいが、動きそうにないとのことで再び夜になってしまった。お腹がすいたのを助けたのが、一口の羊かんだった。家からの帰り際、姪っ子が遊び半分に「おじさん、これあげる」と差しだした一口ようかんを、いらないとも言えず持っていった、それが空腹しのぎになったらしい。

冬の教訓〝車でも電車でも、出かける時は、水と食料を持とう〟だ。ガソリンも満タンに。

やっとインター近くにさしかかったが、インターの降り口が国道と交じって動かず、そこそこお腹もまたすいてきた頃、インター近くの住民の方たちが、道を空けてくれて、車を停めたまま、何人かでコンビニに行けて食材と飲み物、トイレもできたときいた。その住民さんたちに感謝。そしてまた夜になった。自衛隊の方たちが近くに到着、食料とガソリンを持ってきてくれたらしい。息子は、パンと水はもらったが、ガソリンは〝もっと少ない人にあげて下さい〟と言ったらしい。親にしたら、もらってほしかった……（ガス欠寸前で翌日自宅にたどりついたと、あとで知った）。

さてさて、インターをやっと降り、国道も渋滞ではあったが、国道であれば横道がある。しかし道路は雪で埋もれていた。抜け道も不可能。困っていると、何とトラックの運転手さんが来てくれて、「あんたの車なら４ＷＤだから、次の道曲がれば、きっと行けるよ」と親切に教えてくれた。そのおかげで、ついにアパートにたどりついたんだとか。ありがとう！　親切な方、ありがとう！

何度も教訓を残し、学習し、検討したはずなのに令和五年一月、どうよ、また同じことを色々な県でくり返している。北陸での車はスノータイヤはもちろん、できれば４ＷＤ選択で。

ところで、この時に息子のもらった車用のトリアージ票というものがある。自衛隊の方が一台ずつに置いていったらしい。初めて見たので、今でも、とってある。

田舎人は本当に親切か否か

車で帰宅途中、もうすぐ家に着く手前の交差点で、女性が横たわっていた。転倒したのかもしれない。交差点で止まることもできず、誰かが気づいて助けるだろうと思いつつ家に帰り、でもなぜか胸騒ぎがして、徒歩で交差点へ行ってみた。すると、もうあれから五分以上は経っていると思われるのに、同じ場所に同じ格好で、その女性は倒れていた。私は「どうしましたか？　大丈夫？」と問いかけたが「ウー」としか返ってこない。救急車を呼ぶにも、携帯のない時代。どうにかかかえて田舎病院までたどりついた。車はたくさん走っているのに誰も気にしてくれない。どうやって田舎病院に連れてきたか、必死で、覚えていないくらいだ。それにしても田舎にあって、こんなにも人のことを気にしていないなんてショックだった。田舎ほど人情薄っ！

色々調べてもらったところ、身寄りのない方で、近くのアパートで一人暮らしだった。どこと言って悪いところはなく、高齢による体力低下ということで、少しの間入院していただいた。その方が退院時に私に言った。「助けていただいて本当にありがとう。私は身寄りがないので、あんたに、私の財産、全部あげるわ」と。「いや、いいですよ。これから先、お金は必要ですから大切にして下さい」私は軽い気持ちで断った。あとでわかったことであるが、その方は本当にお金持ちで、個人で金融業をしていたらしい。

その後、何年かして、風のたよりに、その方が亡くなり遺産相続の問題になったと聞いた。どこからどうやって見つけたのか、本当に遠縁の、今まで何のつき合いもない甥っ子のそのまた甥っ子みたいな人が、全財産を相続したようだ。（あー。財産もらっておけば良かったわ）と、その時、私は思ったのだった。残念――。

「遠い親戚より近くの他人」という言葉は本当だ。親の介護が必要になった時、同居の嫁は、一番大変だ、息子は知らんぷり、がんばって介護したあげく、一か月に一度、顔を出すくらいの娘が来ては嫁に文句を言って帰る。〝だったら自分が親を見たら？〟と言ってしまえ、その娘に。そして、親が入所となると、また嫁に文句。〝家で見られんのか？　うちには施設に払うお金ないからね！〟。だったら〝自分の家で見たら？〟とその娘に言ってやれ。嫁の立場はつらいが、ここぞという時は、出る杭になってもいいんじゃないかな。打たれても沈まないくらいの杭に。

病院や施設のやり方に文句を言ってくるのも、たまーに家に帰ってくる家族が多い。

〝フロの入れ方が悪い〟〝食べさせ方が悪い〟などなど色々あるが、だったら家で面倒見たらいいんじゃないの。いつも見ていた人への感謝を忘れずに！

田舎人の性格

一年に三か月は、重たい灰色の空に閉ざされ、時に大雪に閉ざされる。そんな生活にうつ病が多いかというと、私の感じたところではそのようなことはない。皆明るいし、屋内の遊び場もあり、楽しんでいる。逆に、雪が降らないと淋しそうで「雪がなくて助かりますネー」と口をそろえて言うものの、つまらなそうだ。だって、雪の積もった翌日、表に出てみるとわかる。時間を合わせたように、皆、スコップを持って表に出て雪かきをしている。途中で井戸端会議もして笑顔だ。もちろん、屋根の雪おろしのような大雪は誰しも困るし、危険も伴うが、少しの雪での〝雪かき〟という仕事がコミュニケーションのために必要なのだと思う。スコップも色々な種類があるし〝ママさんダンプ〟と名の付いたやや大型の雪かき用具がある。ママさんにも簡単にできますよ、という代物だ。この田舎に雪が二十センチくらい積もった日、見に来ていただきたい。色とりどりのスコップや〝ママさんダンプ〟を手に、軒並み、外へ出て楽しそうに（?）雪かきしているのは、きれいだ。

ただ、関東や雪の降らないところから来た人は、少々つらい。あるいは、うつ的になってしまうかもだ。私も、雪よりはあの暗い空に時々がまんできなくなる。太陽さんにお会いできず、外への洗濯干しも、布団干しもできない。〝弁当忘れても傘忘れるな〟と、この田舎の人たちは小さい頃から教えられている。だが本当は、いつもの雨は傘が必要ないくらいの〝そぼ降る雨〟が特徴だ。淋しく静かな雨が多い。〝雨、雨フレフレ母さんが♪〟の歌はまったく似合わない、演歌っぽい雨だ。関東出身の私は、「どうせ雨なら、しっかり降ったらどうよ」と言いたくなるくらい、そぼ降る雨はイライラする。なので、うちの子供たちは傘忘れても弁当を忘れたことはない。しかも、ランドセルを忘れて登校した子までいる。

この田舎には〝そぼ降る雨〟に似た言い回しがある。何かをたのんだり質問した時に〝考えておく〟との答えが返ってきたら、それは〝ノー〟の意味だ。方言よりも先に覚えておいた方が良い。決して考えてはくれない。

スキーが好きな人ならオッケー！　一時間くらいで立派なスキー場がある。うつになってはいられない。冬は雪で楽しもう、夏は海で楽しもう。

そしてこの田舎は、四十二年社長数日本一、学力テスト、体力テストも全国上位に入り、共働き率も上位である。また不思議なことに公衆衛生時代の友人のお母様がこの田舎市出身だったり、子供の東京の大家さんがまたまたこの田舎市出身だったりと少数精鋭県だ。

生命保険会社　その①

田舎病院は、少しでも収入の糧にと生命保険の診察医というものをしている。三十年くらい前は診査の往診もしていた。保険会社の担当が会社の車で迎えに来て、保険に入る人の自宅や仕事場などで往診する。これが、ひどい結果になった。まず、保険に入るお客さんは、すでに保険外交員の〝神さま〟になっている。そこに医師がのこのこ診察に来る。かなり神さま状態のお客さんは二言目には、「私が保険に入りたいんじゃなく、入ってくれって頼まれたから入ってやるんだ。そんな書類、適当に書いて」となる。しかも、保険会社の人の目の前で血圧測定し、検尿するものだから、異常があると、保険の担当者から懇願される。「正常に書いといてくれ」と。

そういうわけで、その場で記入せず、病院まで持ち帰って書くつもりだった。病院の駐車場まで来ると、車のカギを閉められて、こう言われた。

「先生、血圧、ふつうに書いて下さいよ」

「それはできません」

「いや、ちょっとでいいんで」

「ウソは書けないんですヨ」

押し問答が続き、私はしばらく車に監禁されたのだった。やっと外へ出て、病院に逃げ込んだ。それ以来、保険診査の往診はやめた。血圧の高かったその方、結局、保険に入れなかったのは仕方ないとして、放置していて一か月後くらいに倒れて入院したと風のたよりで聞いた。血圧高い方、放置はいけません。

その保険会社とは、往診をやめたばかりでなく勧誘の仕方にも問題があると聞いて診査もお断りした。

中には、保険に無理やり入らせられたようで、逆に「血圧高く書いといて。入れないなら、その方がいいから」という人もいたし。

生命保険会社　その②

生命保険に入ってほしいのはわかる。でも勧誘に来るのが、深夜——午前一時とは、いったい何なの？　午前一時、起きて台所に水を飲みに行った。すると、窓の外から何やら、ゴソゴソと聞こえてくる。猫？　まさか泥棒⁉　すると、

「あのー、こんばんは。〇〇生命の者です」

えー、何事？

「保険入ってほしいんですけど、ご家族全員の名前と生年月日を記入して下さい」

「こんな夜中に何ですか！　帰って下さい」

その保険外交員、一度は顔を見たことがあったが、非常識にもほどがある。

「今、この家の前、通ったので、寄ったんです」

酔っぱらっていたのか？　とにかく、電気を消し、知らんぷりした。深夜の敷地内無断侵入事件。もう許せない。その保険会社とも、おつき合いはやめた。

看護師失踪事件　その①

平成元年の頃のことだ。ヤーさん（反社会的勢力の人）が入院していたことがある。院長（夫）と同じ中学を卒業した人だったらしい。もちろん親しいわけではない。事故のケガでしばらく入院していて、治って退院していった。

ほっとしたのも束の間、一番若い看護師さんが出てこなくなった。皆の話を総合すると「そう言えば、あの子、あのヤーさんの病室に処置もないのに、いたよね」「そうそう、仲良く笑ってるの見た」など。

親に連絡すると、両親も何度も説得したが聞き入れず、二人は一緒に生活を始めてしまったらしい。両親もノイローゼのようになっていた。その後、どうなったのか、わからない……。

田舎病院は、その後外科担当の義父が他界し、医療療養型に転換してからは入院患者さんは高齢者ばかりとなり、もうヤーさんも若い人も入院してくることはなくなった。

看護師失踪事件　その②

あるナースが、勤務日なのに出てきていなかった。十二月末に手土産にもたせたお正月用のおもちと実家に帰ったが、年が明けてもう勤務日である。携帯のない時代で、固定電話にかけるも出ない。正月明けの忙しい診察日で、現場はちょっとだけ混乱した。何日か経って、そのナースは夫と子供を残し、彼氏と逃避行の旅へ出たと聞いた。実家の両親にあげたはずのおもちは、不倫相手の口に入ったのか……だまされたぁー！

ちなみに、ここ田舎では、お正月のもちは丸もちで、関東圏の四角もちの私は、丸もちを見て、何で鏡もちを食べてしまうのかと驚いたものだ。雑煮も、みそ汁に丸もちが浮いているだけである。一度関東の雑煮を作ったら義母に却下された。私は関東風が好きだけど、却下された。みそ汁もちは簡単でいいかも。

前の失踪事件から二年後、またナースが失踪した。仕事熱心なナースで、信頼していたが、頻繁に休みをとるようになり、ついには外国へ行ったまま帰ってこなくなった。「異人さんに連れられて行っちゃった」のだった。夫や子を捨てた不倫のナースたちは、今、どうしているのだろう、幸せなのか、バチが当たっているのか、興味ある。

盗難事件　その①

病院の同じ場所から、物がなくなるようになった。私が人からコツを聞きながら大切に育て、大きく見事になったジャコバサボテン。自慢していたら、ある日、なくなっていた。天気の良い日で外に出しておいたので、通りがかりの誰か（疑ってごめんなさい）が持っていってしまったのだと思った。花がなくなって淋しいので、買ってきた三個の花鉢を外に出しておいたら、あらっ！　次の日、二個が消えていた。残っていた一個は花が終わりかけ。

それから一か月くらいたち、前日、皆に分けようかと病院にもってきておいたリンゴの大きな箱（二段にリンゴが入っていた）がない。すでに分けてくれているならいいけど、私、まだ言ってないしな。あんな重い箱ごとないなんて。誰ェ～！　心の中で犯人探しをしているうちに、思わぬことで犯人がわかった。新聞に載っていたのだ。〝元パート従業員〇〇〇子、ホームセンターで花鉢を盗んだ〃と。このあいだまで、うちに勤めていた人だ。

いやー、それから、ほかになくなったものはないかと探したところ、箱入りの新品のキャリーケースが、何と箱をもち上げたら軽い！　中身はカラッポだった。さらに、本棚の端に置いた購入したばかりの医学書（一万円以上した）もなくなっていた。確かめたわけでも、警察に届けを出したわけでもないが、これらも新聞に載った〇〇〇子さんの仕業に違いないと私は思ったのだった。彼女は万引き常習犯とのことだった。それにしても、花鉢、キャリーケース、リンゴの大箱と、どうやって盗んでいったのだろう。誰にも気付かれず、うまいものだ。

今では、万引き常習は依存症（治療が必要な精神障害、窃盗症〈クレプトマニア〉）と診断されることもあると聞く。彼女は適切な治療が必要な人なのかもしれない。

盗難事件　その②

ある朝、職員さんが出勤したら、出勤の出入り口の大きなガラスが割られ、受付がメチャメチャになっていた。盗まれたお金はまったくの小銭で数百円ほど。カルテや薬も無事で、ほっとした。一番の損害は、割られてしまった一枚のガラス。これが何万もしたのだった。泥棒さん、病院ってお金ないんだよ。入ってもムダムダ。今はもっとないよ。コロナで大赤字。ガラス代の方が高くつくので、入って来んといて。

田舎病院の外来は、駐車場に面した窓にはブラインドがつけられている。ナースたちは時々ブラインドのすき間を指でおさえて外を見る。これが大切だ。病院帰りに転倒しちゃった患者さんを発見したり、車から降りるのもしんどそうな方を見ると迎えに行ったり。ある日は、車上荒らしの人を見つけたこともある。ナースはすべて〝お見通し〟だ。一台ずつ車のドアをチェックして施錠していない車に入りこもうとしたのを見て、あわてて職員が出て行くと、車上荒らし未遂犯は走り去ったのだった。車は必ず施錠し、大事なものは、車中に置き去りにしないでほしい。

盗難事件　その③

「警察です。最近、下着、盗まれませんでしたか?」

　あらっ?　本当に警察か?　と疑いたくなった。

「はあー?」

「泥棒が、田舎病院さんの家の方で、パンツを盗んだと自供してるんです」

　近所で五、六件盗んだと言うので、聞きだしたそうな。いつ頃か聞くと、もう一年も前らしい。あ、そう言えば、一年前の夏、子供が「水着のパンツがないけど、強い風の日で、飛んでいってしまったかな」と言っていたが、あれかな。犯人は風ではなく泥棒だったらしい。気持ち悪ぅ――。

入院・入所

田舎病院は医療療養型になっていて、三十四床と小型だ。ただ、介護老人保健施設百四十床を併設しているので、入院患者は高齢者がほとんどだ。外来も高齢者が多い。外来とつながっておけば入院、入所が優先的にできるというのは昔のことで、今は、入院にも入所にも条件があるし、老人保健施設（以下「老健」）の入所には、介護保険を必要とする。したがって、昔から知り合いの〇〇さんから「体調悪いから入院か入所させて」と言われても、すぐには入院や入所には結びつかない。しかし、かかりつけ医を推奨しているこの頃においては、外来へ受診していて下さると、何かと病状等の把握ができるので、つながりやすい。

介護保険が導入されて二十年以上が経過しているが、支援は1と2、介護が1から5に分かれている。介護5が一番介護度が重くなっている。介護保険は、申請して介護度がついたあと、入所や通所の利用になるのだが、介護度が下がる（軽くなる）と、ほとんどの人が、怒ってくる。

「何で軽くなったんですか？　腰も痛い、肩も膝も痛い、つらい」

ふつう、病気が良くなると喜ぶものだが、介護保険は、良くなると困るのだ。介護度が軽くなると、一年も二年も待ってせっかく入所したのに出ていかなければならなくなる。通所の方は等級が軽くなると、毎日通所していたのに一週間に一日とか二日とかと制限される。気持ちはわかる。「入所できなくなりましたので、家に帰って下さい」と言われても、見てくれる人がいないのだ。家を売ってしまった人さえいる。良くなっても喜べないはずだ。「いつも通所で会う○子さんが毎日通ってるのに、何で私は週二日なの？」疑問は尽きないようだが、それだけ自分は○子さんより元気なことを喜ばないと……。

看(み)とり

田舎病院は高齢者が多く、看とりの場面が多い。私が臨床ではなく、公衆衛生を選んだ理由の一つが、人間の死に直接かかわるのは重いと思ったからである。しかし、田舎病院は裕福ではないので当直ドクターを置けず、夫か私が当直をしている家内工業である。亡くなるのはやはり深夜や早朝に多いので、自ずとどちらかが確認することになる。お一人亡くなると、なぜか二人、三人と続くことが多い。時々、同じ看護師さんの担当が続くこともある。病院内は温度調節もしているのに、なぜか亡くなるのは冬に多い。人間は不思議だ。

さてさて、九十歳も超えていて、食事が入らなくなってきた。介助しても口を開けない、やっと開けても、飲み込めない。そんな時、医師は家族に看とりの話をしなければならない。半数以上の家族は、「そんなに弱ってきているなら、できるだけ食べさせて下さい」「食事が入らないなら点滴して下さい」と言う。無理もないが、自分の親に老化現象が起こるはずがないと思う、あるいは二、三日前まで食事がとれていたのなら介護士さんの食べさせ方次第で食べることができると思っている。「じゃ、胃瘻(いろう)を造って下さい」など、家族の抵抗は続く。「胃瘻が必要かどうか、専門のドクターに診てもらいますね」となるが、適応外のことも多い。また、心停止を迎えた場合、心臓マッサージやＡＥＤを頼まれることもある。気持ちはわかる。自分の親が心臓マッサージやＡＥＤで回復してくれると思っている。しかし悲しいかな、寿命には勝てない。

他人が八十歳、九十歳だと〝年寄り〟と理解しているが、自分の親となると、九十歳でも今がしんどいだけでご飯も食べられるようになる。寝たきりになっているけど、リハビリが下手なんじゃないのか、リハビリの時間が少ないんじゃないのか。介護士さんの食べさせ方が下手なんじゃないのか。面倒なので、すぐ食べさせるのをやめているんではないのか、と疑う方もいる。

嚥下困難で無理に食べてもらうとムセが多くなり、そこから肺炎になり、かえって寿命を脅かす。無理にリハビリすると、転倒骨折し寝たきりになるなどリスクは多い。〝認知症〟については一般の方々に理解が必要だが、〝老衰〟についても、理解が必要だと思う。90歳になったら、好きなものを食べ、好きな時に休憩し、糖尿になっても仕方ない、くらいの気持ちで美味しいお菓子やケーキ、アイスクリームを食べたいね。

義母は日頃から言っていた。人には、それぞれ「おかて」というものがある、と。たぶん「お糧」だろう。それを超えたり、使いすぎると、命が尽きるらしい。日頃から食べすぎていたら寿命は短く、ほそぼそと食べていたら寿命の尽きる前に残った糧を食べ尽くす。食料だけでなく、お金もたぶんそう。だから人それぞれの考え方だが、「お糧」をいつ尽きさせるかは、その人による、と思われる。

認知症って何？

田舎病院は、介護老人保健施設なるものを併設しており、一般棟八十床、認知症専門棟六十床となっている。認知症専門棟には、今までご家族さんがよく見ていたわ、と思える、重度の認知症の方が多い。

認知症は種類によって少しずつ異なった症状が出る。ボーッとして意欲のない方、怒ってばかりで大声や暴言、暴力をする方、一日中徘徊し、一日中、出口を探している方、盗難妄想があり、自分のお金や保険証をどこかに置き忘れているのに、盗られたと思い込んで警察を呼んでしまう方、などなど。

一般の方の認知症の理解は、まだまだと思われる。認知症専門棟を設置した平成初期には、入所を希望してくるご家族の中には、「バアちゃんが入所してることは、ぜったい内緒でお願いします」と言われる方が多く、認知症は、何か特別のはずかしいものと思われていたふしがある。医療の世界には〝秘密保守〟というものがずっと昔からあり、現在の〝個人情報保護法〟なんて必要ないくらいなのだが……。

させて、認知症は何かと言うと〝病気〟である。変なものではない。これを忘れずに対応してほしい。私は認知症サポート医としてあまりお役に立ってはいないが、講演の依頼を受ければ、まず、〝認知症は何らはずかしい変なものではない、病気です〟をくり返している。それゆえ、認知症もやはり早期発見・早期治療が大切。

さてさて、徘徊とは、あてもなく彷徨うことなのだが、そうではない。徘徊の最中に質問をしてみると声が返ってくることが多い。「父ちゃんの墓参りに行くんや」とか「孫を迎えに行くんや」とか、「結婚式行くんや」とか。えー！　誰の？「私のや、決まってるやないけ」。またある時は、「主人と旅行行く日なんや」と。あら、そう……ご主人は確か十年前に亡くなってるよね。「赤ちゃんのお世話あるから、家に帰して。私の赤ちゃんや、生まれたばかりなんやで」あらー、お孫ちゃんかと思ったわ。ひょっとして曾孫さん。

時間があれば徘徊につき合い、患者さんが納得するまで、一緒に歩くのが一番良いのだが。

盗難妄想も多い。自分で片づけ忘れているのだが、通帳がない、保険証がない、お金がない。ちょっと認知症が中度になると、「嫁が盗んだ、泥棒が入った」と警察に電話してしまう。この頃は、かわいいかわいい自分の息子や孫はまだ疑わず、息子を取った憎き嫁は、一生懸命介護しているにもかかわらず、泥棒にされている。しかしながら、重度になると、かわいい息子も、かわいい孫も皆、泥棒になってしまう。泥棒呼ばわりされながらも、否定せず、一緒に探してみると、枕の下、いつもの引き出しの奥深くから、出てくるんだわ。

暴言は耐えられるとしても、暴力は困る。患者様を大切にしなければならないが、看護師も介護士ももちろん家庭で介護している方も、自分の身を守らなければならない。要注意人物にはくれぐれもチェックを！

薬の種類（おくすり）

薬には、色々な種類がある。認知症の方は飲まなかったり、飲みすぎたりするので注意が必要だ。眠剤をまとめて飲んだりしたら、永遠に眠れてしまうから要注意。降圧剤も、飲みすぎて血圧が下がりすぎる方、一週間以上も飲まずに血圧が高くなっている方も出てくる。薬包に日にちを書いてあげていても、見ていない。認知症の方は投薬管理が必要だ。

坐薬というのがある。あるお年寄りは「座布団に座って、その坐薬というものを飲んで、効きました」とのことで、不思議……。

薬は形状も色々。飲みこみにくい薬は、つぶしますよ。それから素人判断で、薬を飲んだり、やめたりしないでほしい。医者に判断させて下さい。

最初から服薬拒否の方もいる。「血圧の薬って一生飲むんでしょ。そんなもん飲みたくないです」。その方は、一年後に脳梗塞で半身マヒとなってしまった。がんばればやめられる薬も多いが、飲まなければならない薬もある。

眠剤大好きの方が多い。一か月に一回、一か月分の眠剤を出してあるのに二週間くらいで、出してほしいと外来に来る。紛失したというのだ。

「出せないです、これ以上は」

すると、妻や子を連れてきて、妻や子の分を出して下さいと言う。あきらかに自分用だ。こういう場合は、ほんの何日分か出して、精神科へ紹介する。眠剤依存症だ。

眠剤をたくさん病院からもらって、自分では飲まず、ネットで高価で売ったというニュースもある。

時には、受診してくるが、薬はまったく必要ない患者さんもいる。「今日はお薬ないです、お大事に」と言うと、「エ〜、薬下さいよ、何か……」。病院に来てお薬のないのは淋しいらしい。でも必要でないものは出せません。

点滴大好きな患者さんもいる。毎日のように点滴に来たい。

「ご飯がとれていて、水分もとれているなら、大丈夫ですよ」

この言葉が気に入らない。

「大丈夫じゃないから病院来てるんだから」

「点滴ばかりしていると、血管がつぶれて、さあ救急という時に入りませんよ」と説明しても、わからないようだ。

便秘も気になりだすと、止まらない。昨日出ているのに、今日、出ていないから浣腸してほしい……。今日は様子を見ましょうと言うが、気に入らない。どうしても浣腸してほしいらしい。自分で水分をとったり運動して腸を動かす努力をするよりは、田舎病院の浣腸が好き。また明日も来院なさるだろう、浣腸に……。

詐欺事件

車の入れ替えの時のことだ。売る方の車を取りに来て、乗って帰って行った。ところが、いつまで待っても新車は来ず、売れたはずの乗って帰った車の代金も来ず……詐欺だった。その頃、近所の方や知り合いが同じ人に同様の手口で詐欺に遭い、集団訴訟にまでこぎつけたが、車はすべて売り払われ代金は持ち逃げされていて、どうしようもなかった。一銭ももどってこなかった。オレオレ詐欺の流行る、だいぶ前の話だ。

ある日、「重要文化財の屋根を見てきました。県に頼まれて、茅葺きの修繕させていただきます。茅を購入します」と葺替士の名刺をもらった。確かに茅はもってきた。もってきた時に茅代と葺替料として前金七十万を請求してきた。茅があったので七十万の支払をした。ところがだ。二、三日後には、茅も修繕された形跡もなく、本人に連絡もつかず、これも詐欺だった。もちろん、県に問い合わせてもわかるはずがなかった。はじめに県に確認すべきだった。

詐欺の手口

女形の一人芝居の巡業があり、県内の介護施設でも何か所か公演をお願いしていて、入院や入所の方にとても喜ばれたとの話を聞き、田舎病院もお願いした。着物や小道具もすべて持参し、男性が女性になって、いわば、ミニ歌舞伎のようなお芝居をした。もちろん、二～三万払った。それから半年後、また伺って良いかと連絡が入った。あまりに日が近すぎて断ったのだが、どうしてもと言われ、来てもらうことにした。すると、あれ、お芝居に来たのかと思ったら「来週になります。今、こちらの近くまで来たので」と、前払いさせられた。ところがいくら待っても連絡はなく、詐欺にあったのだと気付いた。たぶん、一回目は信用させるためにきちんと芝居をする。二回目は〝詐欺る〟。他の病院や施設も、同じことをされたに違いない。現代だったらSNSとかで詐欺だと炎上するんだと思う。もう二十年くらい前の話だ。

奥能登の女

令和六年一月一日に地震に見舞われた能登半島の方々に心よりお見舞い申し上げますと共に、亡くなられた方々のご冥福を心よりお祈り申し上げます。

さて、演歌の曲名か、ミステリーの題名のようだが、実はこれも詐欺に近い話である。ある時、奥能登から女性が訪ねてきた。母親の実家が近いのだと言い、生前、その母親が一回だけ口にした知り合いが我が家だという。しかもその母親は亡くなっており、さらに母親のちょっとだけ知り合いだった義母（私の夫の母）も亡くなっている。夫とケンカして家を出てきて、お金もないので宿に泊まることもできない。一日でいいので泊まらせてくれ、と言う。一泊させ、翌日、帰りの電車代を一万円渡したが、次の日も泊まっている。すると四日目に、「またお金を貸してくれ」と。よくよく問い質すと、一万円でパチンコに行って、全部擦ってしまったと言う。さすがの私も怒った。

「宿泊させてもらって、借りた一万円を全部パチンコで擦ったあげく、また貸せだと！あなたの母も私の義母ももういないし、私には、あなたに義理立てする必要はない。三万円あげるから奥能登に今すぐ帰りなさい！　これで縁はなし。次はないよ」

一万円が三万円になって目が眩んだのか、

「ありがとうございます。これで最後にします。もう来ません。でも、三万円は、きっと返しますから」

とペコペコおじぎしながら、出ていった。返してくるはずもなかった。期待していない。むしろ、もう一度やってくるかとも思ったが、それっきりになった。

後日談がある。彼女は病室に滞在中、田舎病院の看護師さんたちに、やれここにゴミが落ちてる、手すりに埃がついてるから掃除せーのと小姑のようにうるさくて、看護師さんたちは困っていたそうだ。そんなに気になっていたのなら、合計四万円分の掃除でもしていったら良かったのに。

少子高齢化

私の専門は公衆衛生という学問であることは、前に記した。その中で、もう五十年も前から少子高齢化はわかっていた。さらに、その早さが、五十年前の予測をはるかに超えている。高齢化率が二〇二五年には二五パーセントなどと勉強していたが、二〇二三年の時点で、とうに三〇パーセント超えだ。少子化の方もすごい。

では五十年前に、打つ手はあったのか？　否である。少子化の色々な原因は考えられており、それを修復できるかというと困難で、これはもう、最高レベルの少子高齢化を指をくわえて見ているしかないだろう。私は四人の人口増加に加担させていただいている。子供たちにも微力ながら人口増加に加担してほしいと思っている。

ところで、田舎病院のあるこの県は、出生率が全国でも高い方である。田舎病院の職員さんたちも、三人、四人、五人の子持ちがたくさんいる。広い持ち家に親と同居している家族が多いからか。しかも皆共働きだ。がんばれお母さんたち。

悪いところだけ遺伝する

年を取るにつれ、体も、色々と支障が出てきた。犬の散歩中にリードがもつれ転倒したらあっけなく肋骨三本骨折、呼吸がつらい、声出すのも痛い、笑ったらすごく痛い。就寝時は寝返り痛い、かなりしんどい。治ったかと思った頃、夜にサンダルでつまずき顔面打撲でお岩さんのようになった。いや、お岩さんはもともとは美人だったらしいからたとえたら失礼か⁉　またまたその後、段差につまずいて転倒、左肘部骨折あり。どうやら私は骨粗鬆症であるらしい。カルシウムを取ろう。

高脂血症で服薬中でもある。運動不足かもしれないが、母も同じだったので、家族性の高脂血症と思われる。

　六十歳になったばかりの頃、目の前にいつも煙が漂うような見え方になった。夜に雨が降っていたりすると、よけいに見にくい。白内障だ。ドキドキしたが、両眼の手術が終了し、すっきり見えている。母も六十二歳頃、白内障手術をしている。祖母も白内障手術をしている。これはもう、遺伝としか思えないが、主治医の眼科医は、遺伝はありませんと、きっぱりおっしゃった。でも、私は遺伝と思っていて子供たちには伝えてある。

　次に難聴だ。六十五歳すぎ頃より、コロナ防止のマスクのせいか、かなり会議などが聞きとりづらくなり、耳鼻科へ走った。突発性難聴かとそれなりの治療を受けたが治らず、結局、老人性難聴っぽい。これって、母も祖母も難聴だったことを思うと、やはり遺伝に違いない。会議時に何度も聞き返すのもつらいので、補聴器を購入した。高額だが、でも最近、補聴器が医療控除の対策なのをご存じかな？　きちんと耳鼻科で診断を受け、補聴器店へ診療情報を出す。補聴器を購入後、診療情報のコピーと領収書をもらっておけばOK。それを申告すれば良いらしい。医療控除ができることを自分からお店に働きかけること。また、その前に必ず専門医の受診をすることを忘れずにしてほしい。

　そうそう、外反母趾もぜったい遺伝だ。ヒールを履いたから、先の細い靴を履いたから、などではない。このやっかいな外反母趾だって、祖母、母、私、姉妹ときている。かなり幅広の靴でないと、外反母趾部に靴ずれができる。靴購入時に、色々ためしてやっと購入したのに、一時間もたたないうちにやっぱり靴ずれ、なんて、いつものことだ。おかげで、かっこいい靴、ステキな靴を履くことができない。

ある日、夫の母が倒れた。義母は日頃から頭痛がすると言っていて、「私はね、血圧低いのよ」とも話していた。いや、医者たる者、この言葉を鵜呑みにしてはならない。血圧は低いのよという義母の血圧を測ったら何と二〇〇を超えているではないか。つまり前から血圧が高かったのだ。それから降圧剤等を開始し、落ち着いていった。どうやら、この頃は夫も血圧が高めで、やはり遺伝なのだろう。一年の一度の健康診断は、必要不可欠である。

めまい症

やっかいなものに、私の持病である〝めまい〟がある。高校生くらいから悩まされてきた。六十歳くらいからは、色々な病気を疑い、やれＣＴだの、ＭＲＩだの、血圧だの心電図だのと、内科、耳鼻科と受診したものの、何の異常もない。けれど、めまいはひどい。目を開けると、地球も自分も、かなりの速度で回っている。嘔気もする。とても立っていられず、車イスを使わせてもらう。めまいがしていると、受診すら困難で、寝ていても頭の中がくるくると回っている。身の置きどころがない。原因不明、いやな病気だ。肝心な時にもやってくる。友人の結婚式当日、ひどいめまいで起き上がれず、携帯のない時代、やっとの思いで連絡をつけた。自分が講演をする日の朝、ひどいめまいと嘔気があり、点滴と服薬、安定剤まで服薬し、少しくらくらしながらも気力で壇上に上がったこともある。保護者会の朝もめまいで起きられず、泣く泣く欠席したこともある。患者さんが「めまいがするんです」と来られた時は、痛いほど気持ちがわかる。点滴しても「少ししか変わりません」と言われると、それはそうだ、速効ではない。時々このやっかいな原因不明の〝めまい〟とつき合いながら、この先も生きていくことになるだろう。

花粉症

めまい症に続き、花粉症も持病の一つだ。季節が来ると、鼻水グシュグシュ、目はしぱしぱ、そしてかゆい。たぶんスギ花粉だろう。花粉症は、医学用語でなく、それぞれアレルギー性鼻炎、アレルギー性結膜炎という。眠くならない薬を飲み、アレルギー用の点眼をし、時に、アレルギー用の点鼻薬というのもある。それで、花粉症の季節を、がんばってしのいでいくことになる。重症の人は、大変だ、ズルズル、グシュグシュ、ハクション、咳までできてしまう。

減感作療法といって、体内にアレルギー物質を入れることで身体を慣れさせ、そのアレルギー物質に反応しにくい体質にする療法もあるが、時間がかかり、一般的でない。だから花粉症が出たら、早めに薬をもらうことかな。

アレルギー物質は地球上無限に存在し、どの物質にアレルギーがあるのか、つきつめることは難しいことが多い。しかも私なんかもそうだが、六十を超えてから重症になってきている。

XY染色体

二十三対の染色体から成る人間の染色体のうち、男女をわけるのは最後の一対。男はXY、女はXXである。なぜ男性の血筋を大切にするかというと、女のXXは四代あとにはどちらのXも変わってしまう可能性があるからだ。それに比し、男の次世代はXは必ず変わっていくが、Yは、残る。したがって、田舎病院の夫のように、何代も養子が続いた家では、Y染色体は、何回も養子の家のものと化していて、二十一代続く家柄と言えど、もはやどこの馬の骨（?）状態かもしれない。男子に家を継承させることは、このY染色体を残し、馬の骨をさけるためだったのだ。

染色体などという知識のなかった昔の人が自然に男子を珍重して残してきたことは、すごいことである。

ただ、男が珍重される風習は、Y染色体が継承されるためで男が偉いからというわけではない。Y染色体はX染色体に比べて少ない遺伝子しか持っていない。女より単純なのだ（あ、殿方、失礼）。

養子とりの家

一家に娘しか生まれないと、娘のうちいずれかが家を継ぐ。養子をもらうことになっていることが多い。当家もまたしかり。十四代目から二十代目まで、養子さんたちによって継がれてきている。昔はごく当たり前のことだった。今も当たり前のことのように田舎では養子とりが行われている。当事者じゃないと気持ちがわからないと言われるかもしれないが、娘の幸せと家の幸せとどちらが大事か聞きたい。しかも、娘さんたちが、だれも養子をとらず嫁に行ったところも知っているが、とても実家を大事にしている。決してないがしろにはしていない。子供の幸せを第一に考えよう。そして、子供の意志を大切にしよう。親の介護問題があれば、色々なサービスに頼っていこう。親も、自分が子供の犠牲にはなりたくないと思っているはずだから。

ドケチか節約家か　その①

毎日、広告を見て、野菜やトイレットペーパーが一円でも安いお店へ走る。あっちもこっちも行くと、ガソリン代はかかっている。

これにも増して、超ドケチと言えるベスト？　いや、ワースト3あり。

ある医院のご自宅にお中元を持っていくと、すぐにうす暗い玄関から奥様が出てこられたが、「ちょっとお待ち下さい」と、その奥様、どこからか踏み台を持ってこられ、何と！玄関の上にある電気の配電盤を開け、カチッとブレーカーを入れたのだ。私の目の前で。すると玄関が明るくなり、あらためて、「こんにちは」ということになった。この光景に二回遭遇しているので、いつもブレーカーを切っているのだろう。やりすぎではないか？それなら、お客さんが来られたら返事をして、玄関を開ける前にブレーカーを入れたらいいんではないか？　あとは、ほかにどんな節約をしているのだろうか？　知りたい。

ドケチか節約家か　その②

またまたお医者様の奥様の登場だ。ある日電話がかかってきて出てみると、そのかけてきた奥様はこうおっしゃった。

「電話代がかかるので、そっちからかけ直して下さい！」

電話をかけてきたのは、そちらさまでしょうが。義母の友人だったので義母に説明し、かけ直してもらった。たわいのない話で、五分間くらいだったから当時十円か二十円だと思う。何というケチ！　同じその方の後日談で、当田舎病院に、そのご主人であるお医者様が入院なさって、退院の時奥様が「うちからもってきた羽毛布団がない！」とさんざん騒がれたが、いやいや、うちの病院の職員さんたちはね、賢いんですよ。

「入院時の持ち物をリストアップしてあるんですよ。羽毛布団のリストはありません」

「えーっ！　羽毛布団だったんだけど」と言われたが、ないものはない。たぶん、この奥様、認知症はない。あわよくば羽毛布団を持って帰れると思ったのか？　不思議だ。

そして、またまた同じ方の話だが、ご長男家族がその奥様のもともとの家の隣に別棟を建てられ、渡り廊下で行き来していたが、お孫さんがおばあちゃんにおやつをねだる年になると「私のところへ来ては、お菓子やおこづかいを欲しがるし、もう、いやなの。それで渡り廊下をはずしました」だって。

その後、渡り廊下の撤去で済むどころか、長男一家は引っ越していかれた。もう二度と近くに住むこともなく、それでもその奥様は、一人で幸せだったんだろうか。かなり疑問が残る。

ドケチか節約家か　その③

田舎病院に、ご高齢の女性が入院なさった。娘さんが食事について条件を出された。

「うちの母は毎日、お刺身を欠かしたことがないので、毎日出して下さい。費用は別に払いますので」

それで、お刺身をほぼ毎日調達し、出していた。一か月分の食費プラスお刺身代を請求したところ、お刺身代の一か月分が不服で、払うのを拒否された。〝費用は払う〟と言ったではないか。録音しておけば良かった。何とか払っていただいたが、その直後、娘さんはこう言った。「母だけお刺身出してもらうと周りに申し訳ないので、皆さんと同じメニューだけでいいです」と。お母さんは何もおっしゃらないし、はじめから病院メニューのみで良かったんじゃないのか？　希望は聞いてあげたいが、何でも聞けばいいってもんじゃない。〝郷に入っては郷に従え〟が基本だ。

ドケチの反対

ドケチの反対は何と言うのだろう。〝気前のいい人〟かな。

三十年も前になるが、患者さんだった漁師さんが毎年、かの有名で高価な〝越前カニ〟をトラックの荷台に積んで、トロ箱の何杯分も持ってきて下さった。あまりに大量だった。お金には換算できないし、支払うことも難しいのだが、「あのー、代金を」と言うと「おらあ、そんなもんもらうために持ってきたんじゃねえが。日頃、世話になってるし、また病気になったら頼むわ！」と。二、三日食べ続けても食べ切れない量なので、親類知人にも配った。おかげで、毎年買わずして、あの高価な越前カニのゆで立てをいただけた。義父からカニのさばき方を教えてもらったおかげで、さばき方は料亭並み。時々、私のさばき方の方が上手だと思えることもあるほどで、美味しくいただいていた。

その方が亡くなって、越前カニと我が家の道は少しの間閉ざされていたが、また持ってきて下さる方が登場したので、本当にうれしい。

犬神家の松子、現る!

それは令和五年四月に起こった。最近の事件の一つだ。私の趣味の一つに読書があるが、ともかく高校生時代から横溝正史の大ファンであり、文庫本はばっちりそろえた。映画嫌いであったのだが、横溝正史の映画は、妹を伴って、必ず見に行った。実家の近くにはすでに映画館はなく、となりの市までバスに乗って出かけたほどだった。

偶然、田舎新聞に、犬神家の一族に使われた長野県の井出野屋旅館が、令和五年五月いっぱいで営業終了と出ていた。すぐに妹たちと子供一人に連絡をとり、「一大事! どうしても行くよ！」と宣言、改めて文庫本の『犬神家の一族』を購入し、復習してから旅館へ向かった。

到着！　あー！　映画の通りだ。すごーい。

玄関は土間で、すぐにそびえる階段があった。井出野屋さんを採用した理由が、この玄関を入ってすぐにそびえるピラミッドのような階段だったらしい。黒光りする廊下、戸。石坂浩二さん扮する金田一さんが入ってきて、右の部屋から、お手伝いの坂口良子さんが出てきたよね。

ちょうどお客さんは私たちのみであった。温泉ではないらしいが、大きな深い浴槽、きしむ廊下、階段。旅館の周囲はもう営業していない宿ばかりで、夜になると外は真っ暗だった。夕食は、鯉づくし。でも、宿のご主人、ごめんなさい。うちの家族、皆、魚嫌いなんです。美味しいんでしょうけど、少しだけいただいて、だいぶ残してしまった。鯉さんも、ごめん……。そして、ご主人から、撮影にまつわるエピソードをお聞きしたりして、楽しかった。犬神家の話やトランプなどをしているうちに夜もふけ、就寝。私と次女が一室、私の妹二人が一室。長野の四月はとても寒くストーブつけっぱなしだった。

一夜明け、次女が言うには、「何か出た。恐ろしい声が聞こえた。確かめるのも怖く、お母さんのフトンに自分のをくっつけたが、怖くて眠れず、お母さんは、スヤスヤ寝てるので、起こせず」。

原因はすぐわかった。妹の一人がうなされていた声だったようだ。妹は夢の中で、松子（犬神家事件の犯人）になってしまったか、松子に殺されようとしたかのようだった。皆で大笑いした。〝犬神家のたたりじゃー！〟の事件だった。

犬神家とは無関係だが、私の映画嫌いがどこから来たのかについてを書いてみたい。私の父が、まだ小学生だった私を連れて近くの映画館へ行った。父はドキュメンタリーが好きで（どうして男って、ドキュメンタリーが好きなんだろう。私がドラマを見ていると、バカにされる……）その頃流行っていた「世界残酷物語」を見に行ったのだった。しかもパートⅠとパートⅡと、二回も！　暗い中で見る残酷極まるドキュメンタリーに、私は、もう映画がというより映画館が嫌いになっていた。でも、横溝の映画は、暗い映画館に残酷な映像という面は同じだったが、なぜか大丈夫だった。フィクションという安心感と、本を読んで内容や結末を知っているという優越感にひたりながら観賞できるからかな、と思う。

夫もドキュメンタリーテレビばかり見ていて、弱肉強食の動物の血まみれの画像を見ながら美味しそうに（？）食事していることがあるが、信じられない。

十石峠越え

天城越えならぬ、十石峠越えをしてしまったのは四十年も前のことだ。十石峠は長野県と群馬県の県境にある。福井から埼玉への帰り道、当家祖先の出身地である南相木村を通り、十石峠の入り口でガソリンを入れた。これが幸いした。暗くなりかけの夕方だった。夕食もまだだったが、峠の茶屋に何かあるだろうと期待していた。ところが、少し走ると、工事中の看板。舗装は途切れ、デコボコになった。しかし通行止めの看板はなかったので走っていった。しかしながら、電気もなく真っ暗、左は崖、右は川の流れる音がしている。しばらく走ると、車が一台やってきた。すれ違いざまに「道、行けますか?」と尋ねると、「こっちも、どうにか走ってきました」との返事だったので、それを信じて走っていった。とある分岐点にさしかかった。看板もよく見えないが、何となく真っすぐの方向を選択した。ナビのない時代だ。ところが、その後は、走れども走れども峠の茶屋も家も電気もなくガチャボコ道が続いた。お腹もすいたが、それよりもトイレのがまんの限界がきた。夫は「外でしてしまえ」と言うが、真っ暗で、熊が出てきそうな山の中だ。つらいが、民家のあるところまでがんばることにした。ウーッ！　つらい！　すごく長い時間に思われたが、やっと灯りが目に入った。何と消防署だ。とにかく、走っていき、当直の方もいらして、トイレを貸していただけたのだった。本当に天の助けだった、ありがとうございます。それを過ぎると、やっと群馬の民家の灯りも見えて、峠越えは終了。

トイレへ行ったあとは、どうしたのか、まったく記憶にない。そう言えば、この時、何か月だったかも忘れたが、お腹には第一子が入っていた。ガチャボコ道を走ったり、トイレをがまんしたり……でも、何の異常もなく長男が生まれ、ほっとした。

十石峠、あれから四十年後はどうなっているのだろう。行ってみたい気もする。今度は携帯トイレとだんごを必ず持参で。

日本語大好き

日本語はすばらしい。ステキだ。ただこの頃は、間違った使い方でも広まってしまえば容認されてきている。

動物や植物には水を〝やる〟のであって〝あげる〟のではない。男性が皆〝旦那さん〟で、女性が皆〝奥様〟なのも、本当は変だ。そういう私も、アクセク働いていて、とても〝奥様〟とは呼べない。世が世なら殿様の夫も、借金に追われアクセク働いていて、とても〝旦那さん〟とは呼べないだろう。ただ、結婚して〝〇〇さんの奥さん〟と呼ばれることはうれしかったので、ま、いいかと思う。

電車に乗っていると〝あらかじめ、ご了承下さい〟と言っているが、あらかじめ承ることを〝了承〟と言うのだから、最初の〝あらかじめ〟はいらない。〝あとで後悔する〟と同じことになってしまう。耳障りなので、やめてほしい。

会議で突然現れた〝レジメをご覧下さい〟って何？　資料のこと？　〝レジメ〟って正しくは〝レジュメ〟というフランス語だよ、何もそんな言葉使わないでほしい。〝先生様〟とかの二重敬語はまだいいが、〝盗みに入った方〟とか、泥棒に〝方〟はおかしすぎる。〝ここに箱が置いてございます〟って、〝置いてあります〟でいいんじゃないの。

日本語は大好きだが、英会話はまったく歯が立たない。英語は中学時代、大好きな科目で、テストはいつも百点近くだったし、自分ではできると思っていた。ところが、英会話教室に初心者コースから何度通っても身につかなかった。そのうち夫が「高貴な人は、母国語が話せるだけでよい、他の国の言葉を話して他の国のご気嫌をとる必要はない」などと、高貴でないのに言うものだから、今は、あきらめてしまった。翻訳機も出回っているし、それでいいかな。本当は英語ペラペラになりたかった。ただし、私は福井弁の修得は約三か月でできたという実績をもっている。

つぶれて当然

大型スーパーに入っていた、ちょっと高級な洋服店の話だ。品ぞろえも豊富でちょっとだけ高価なものもあり、バーゲンが趣味の私は、バーゲンになると買いに出かけた。ある日、私がその店で洋服を広げてみたり、合わせたりしている時に、五十代くらいの男の店員さん（それとも店長さん？）が付いていた。私が選ぶのを見ていてくれるのかと思ったら、そうでもなかった。私の広げた服をたたんだり、並び変えたりして、ピタッと横に付いたかと思ったら、こう言った。

「ちょっと、お客さん！　広げんといてほしいんですけどお！」

私が「今日、お安いし、たくさん欲しいものがあって迷ってるんです」と言うと、怒った口調で「あのね、片づけるの大変なんですよ。買うものは決めてからお店に来てほしいな」と！

うそでしょ、お店で実際に見て試着するのは購入するには大切だし、どこでもそうでしょ。私は、何を言われてるのか理解できず、その時は反論するもバカらしく思え、そそくさとその店を出た。私にだけそんな態度だったのか、見るだけで買わない人と決めつけていたのかわからないが、私は、だんだん腹が立ってきた。

「もう、絶対あのお店行くもんか！」呪いに近かった。

その二か月後だった。こっそりそのお店の前を通ってみたら、何と！　お店は、あとかたもなくなっていた。聞くと閉店したらしい。以前はあんなに売れていたのに、あの男性の店員だか店長かのせいで、きっと閉店したのだろう、と私は思い込んだ。私の〝呪い〟が、ここまで効くとは、不思議。

もっと昔のことだが、実家の近くの帽子専門店もそうだった。実家に帰ると必ずその帽子店に行き、子供たちの帽子を買っていた。ある日、その帽子店で、いつものように帽子を手にとり、子供にかぶせてみようとしたところ、女の店員（この人はあきらかに店員）が、こう言った。

「汚れるから、かぶらせないで下さい！」

「えーっ？」

店員は、私たちを汚れている人と思ったのだろうか、見た目、決して汚れてはいないけれど、子供たちが汚すとでも思ったのだろうか。帽子をかぶらずして似合うかどうかわからないのに……これでは買えない、いつも買っていたのに……。その店員の一言で、そそくさと店を出た。

次に実家へ帰った折、その店の前を通ったら、店はなかった……。

この二軒とも、つぶれて当然ですよね。常識では考えられない対応だもの。

人生は十年単位

義父は、いつも言っていた。「人生は十年ずつ過ぎるんだよ。〝今度、会おうね〟の今度は〝十年後〟と思った方がいい。〝今度もまた来ようね、は十年後、あるいは二十年後〟だ」と。その通りだと思う。考えてみると、十歳は、まだ人生を感じていない。二十歳（はたち）になって、少し自分の人生が見えてきたかな。三十歳、結婚して子供ができ、とても忙しく、あっという間に四十歳、この十年は子供たちの入学、卒業、入試、合格、不合格に左右される。五十歳、徐々に子供たちも落ちつき、そろそろ手が離れると思いきや、六十歳、子供たちの就職、結婚、孫の誕生、と続く。子供たちの大学まで、真面目に保護者会に出席（ほぼ皆勤賞）していた私は、おかげ様で、保護者会で、同じく真面目なお母さん方と知り合えた。しかも、子供たちが一人前になってからは故郷の高校の仲間からの同級会のお誘いや、還暦のお誘いにも出かけやすくなった。四十年、五十年越しの友人たちと会うことができ、再びつき合いが始まったこともうれしいことだ。そして、いつのまにか七十歳。実は七十歳には本を完成させたいと思いながら、もう七十一歳になる年を迎え、少しあせっている。なぜなら、七十歳をやりすごせば、次は十年後の八十歳になってしまうだろうから。しかしそれでは、またまた書くことが増えすぎて、追いつかないことになるだろう。たくさん予定がある田舎病院の非魔女奥様には……。

ここで終わろうと思ったら、令和六年三月十六日、北陸新幹線の金沢—敦賀間の開通の日を迎えた。武生駅とは離れたところに開業した越前たけふ駅が、単なる通過駅にならないことを祈っている。そして武生人としては、なぜかすでにとり残された感じがしているのを否めないでいる。さらに、東海道新幹線と連結するのは三十年後などとうわさされており、十年の三倍のスパンにはついていくことはできず、生きていたとしても非魔女の奥様も百歳となる。そんなわけで、どうにかこの新しい移動手段を使いながら、良い旅ができたらと思っている。

終活と騒がれるこの頃である。七十歳にして早くはないと思うが、まだ、そこまでのこだわりはない。とにかく、オーロラだけは一生に一度、見に行くつもりでいるので、それが今の最大の目標の一つかな。そして、若い頃にあまり旅行好きでなかった私は、今から色々旅したいと思っている。たぶん旅の〝おかて〟は、まだ残っているはずだからだ。

父は〝バカ〟がつくほどの真面目だった。その反動か、学生時代、さぼっていていいかげんだった夫のそのいいかげんさが好きだったのに、田舎病院にもどったとたん夫は〝バカ真面目〟になった。そのことに私はショックを受けてここまできた。真面目から脱けきれない私ではあるが、もういいであろう。夫がバカ殿（あ、失礼。でも、領土・領民を守るためにバカ殿のふりをしていた戦国時代の賢い殿様もいたようで）にもどってしまう前に、不良ばーばになりたい。不良非魔女になりたい。なろう！

著者プロフィール

相木 玲子（あいき　れいこ）

1953年生まれ、茨城県出身。
埼玉医科大学卒業。
現在、福井県在住。

田舎病院の奥様は非魔女

2024年12月15日　初版第１刷発行

著　者　相木 玲子
発行者　瓜谷 綱延
発行所　株式会社文芸社
〒160-0022　東京都新宿区新宿１－10－１
電話　03-5369-3060（代表）
03-5369-2299（販売）

印刷所　TOPPANクロレ株式会社

ISBN978-4-286-25875-1